Semra cuida el arco

Ondracek, Claudia

Semra cuida el arco / Claudia Ondracek, Martina Schrey ;
ilustrador Michael Bayer ; traductora Olga Martín. – Editora
Mónica Laverde. – Bogotá : Panamericana Editorial, 2014.
140 p. : il. ; 14 x 21 cm. – (Literatura juvenil)
Título original : Semra bleibt am Ball
ISBN 978-958-30-4370-3
1. Novela juvenil alemana 2. Fútbol - Novela 3. Fútbol femenino
- Novela I. Schrey, Martina II. Bayer, Michael, il. III. Martín, Olga, tr. IV.
Laverde, Mónica, ed. V. Tít. VI. Serie.
833.91 cd 21 ed.
A1435986

CEP-Banco de la República-Biblioteca Luis Ángel Arango

Primera edición en Panamericana Editorial Ltda.,
septiembre de 2014
Título original: *Semra bleibt am Ball*
© 2011 Franckh-Kosmos Verlags-GmbH & Co.
KG, Stuttgart, Germany
© 2011 Claudia Ondraceck, Martina Schrey
© 2012 Panamericana Editorial Ltda. por la versión
en español
Calle 12 No. 34-30
Tel.: (57 1) 3649000, fax: (57 1) 2373805
www.panamericanaeditorial.com
Bogotá D. C., Colombia

Editor
Panamericana Editorial Ltda.
Ilustraciones de la carátula
Michael Bayer
Traducción del alemán
Olga Martín
Diagramación
Once Creativo

ISBN 978-958-30-4370-3

Impreso por Panamericana Formas e Impresos S.A.
Calle 65 No. 95-28,
Tel.: (571) 4300355, fax: (571) 2763008
Bogotá D. C., Colombia
Quien solo actúa como impresor.
Impreso en Colombia - *Printed in Colombia*

Semra cuida el arco

Claudia Ondracek
Martina Schrey

PANAMERICANA
EDITORIAL

Para Susi y Oliver.

Un agradecimiento especial para Anna, Dilan, Dietmar y los colegas deportivos de Inforadio (rbb).

Semra cuida el arco

Liebres contra gacelas

—Dieciooooocho, diecinueeeeve, veiiiinte… ¡Ya! —Paula soltó un gemido y se dejó caer sobre el abdomen—. ¡Uf, cómo odio las lagartijas!

—¡Y yo esa estúpida carpeta! —Jule interrumpió una de sus sentadillas al ver que Mia se acercaba por el césped de la vieja cancha de fútbol con paso resuelto y una carpeta gorda y roja bajo el brazo. Era la carpeta que las chicas habían organizado hacía un par de semanas, cuando el entrenador, Mike Munk, tuvo que ser hospitalizado debido a un accidente, poco antes del torneo escolar.

En lugar de darse por vencidas, las chicas tomaron las riendas del entrenamiento y recopilaron indicaciones y consejos para dirigir su propia práctica. Y con éxito, pues lograron llegar a la final del torneo. Además, decidieron seguir entrenando por su cuenta, aun cuando Mike Munk ya se había recuperado y se encargaba de entrenarlas.

—No quiero volver a practicar jugadas otra vez —se quejó Jule—. ¿No podemos echarnos un partidito simplemente, después del calentamiento?

—¡Eso! —gritó Emina. Carlotta, Nele y Luisa la secundaron con un asentimiento de cabeza; Elisa, Nadia, Maya y Marta siguieron regateando a lo largo de la línea de banda.

Paula apoyó los antebrazos en el césped y mostró una sonrisa sugestiva.

—¡Que suene el silbato! —exclamó—. ¡Un encuentro entre los dos bandos del 1. CF Solo para chicas: intensas contra poderosas!

El nombre del equipo femenino de fútbol había sido motivo de discordia: algunas habrían preferido llamarse 1. CF Reinas del balón, pero la mayoría había votado por 1. CF Solo para chicas… Aun así, se sentían como unas verdaderas reinas del balón.

Al acercarse, Mia había alcanzado a oír las últimas palabras de su amiga. Como era habitual en ella, lucía un atuendo perfecto: pantalones negros que le llegaban a media pierna y camiseta rosada y ceñida, por supuesto. La larga trenza rubia se balanceaba de un lado a otro con aire amenazador. Tenía el ceño fruncido en gesto de desaprobación, pero sus ojos azules brillaban, y no solo por la delicada raya azul del delineador.

Entonces, hizo caso omiso de las quejas y fue directo al grano.

—Anoche descubrí otra jugada excelente que tenemos que aprender, sin falta. —Se dejó caer, jadeando, en el césped junto a Paula y rebuscó diligentemente entre la carpeta hasta encontrar la página en cuestión—. Aquí está, échenle una ojeada —dijo, señalando la hoja.

Las chicas inclinaron las cabezas sobre la carpeta. Tan solo Jule permaneció acostada en la ladera junto a la cancha, mordisqueando una hoja de hierba. Estaban a mediados de abril, y cuando el sol se asomaba por entre las nubes, calentaba de verdad.

—Miren: los dos atacantes se cruzan frente a la portería —explicó Mia, emocionada—. ¡Así, el contrincante no sabe cuál va a disparar y queda totalmente confundido! —exclamó, mirando a su alrededor con ojos chispeantes.

—Ummm… —masculló Paula—. Para que eso funcione, el pase anterior se debe hacer con absoluta precisión.

—¡Exacto! —Mia dio rienda suelta a su entusiasmo—. Así podemos practicar dos cosas a la vez: ¡el pase preciso y la maniobra táctica!

—Y el tiro a portería, para completar —la secundó Marta, que había pateado el balón hacia un lado sin darse cuenta y estaba concentrada en las ilustraciones—. Parece muy interesante.

—Pero hace poco hicimos algo muy parecido —Carlotta le lanzó una mirada desafiante a Mia—, en la práctica de la semana pasada, durante la sesión de jugadas y pases. Eso ya sabemos hacerlo, ¡con la paliza que nos dio MM!

Mike Munk era bastante duro con las chicas. "¡El que quiere celeste, que le cueste!", solía decir con una sonrisa despectiva. El entrenador no tenía en gran estima al fútbol femenino y no perdía oportunidad para recordarles a las chicas que no había asumido la dirección del equipo voluntariamente. Por eso, Paula y sus amigas lo llamaban MM secretamente. Y no por Mike Munk, sino por "Mega Macho".

Mia sacudió la cabeza enérgicamente.

—¡Estamos muy lejos de saber hacerlo! Como recordarás, el asunto no nos funcionó muy bien —replicó—. Además, vamos a practicar el juego cruzado. De aquí a que lo tengamos dominado falta un buen trecho. ¡Tenemos que hacer un esfuercito, niñas!

—¡… dice la experimentada entrenadora del 1. CF Solo para chicas! —exclamó una voz desde la ladera. Jule había escupido la hoja de hierba y miraba a su amiga con una sonrisa irónica.

—¿Acaso te molesta algo? —bufó Mia y se levantó de un brinco—. ¡Te la pasas echada todo el tiempo y ahora encima te quejas! ¡Muchas gracias! —Sus ojos centellearon al plantarse delante de Jule.

—No estoy criticando, simplemente quería ponerle freno a tu orgullo con algo de humor. —Jule se apoyó en los antebrazos y sostuvo la mirada furiosa de su amiga—. Pero con mucho gusto te lo repito claramente: ¡No todas queremos ser capaces de dominarlo todo ya mismo! La idea también es divertirnos. ¿Por qué no podemos echarnos uno que otro partidito, en vez de entrenar siempre hasta el agotamiento?

Paula miró a Jule con ojos sorprendidos. Semejante determinación no era normal en ella. La vida en su casa no era nada fácil: sus papás se peleaban por cualquier cosa, y su papá se había mudado ya en dos ocasiones. Por eso, Jule prefería evitar el conflicto y ceder, en vez de oponer resistencia. En cambio, Mia era experta en fastidiar, sobre todo cuando la tomaban de improviso, como en ese momento.

—Como digas. —Mia estaba furiosa. Paula alzó las manos en un gesto tranquilizador para detenerla… pero era demasiado tarde—: Bien puedes dedicarte a dar tumbos por toda la cancha si eso es lo que quieres, pero así no vas a mejorar —agregó, echando chispas—. Y lo cierto es que tu espíritu futbolista deja bastante que desear…

—Mia, ya basta —la cortó Elisa. Con sus quince años, Elisa era una de las mayores del equipo y había dejado en claro, desde el principio, que no permitiría que Paula ni Mia llevaran las riendas. Para entonces, se había convertido en una de las delanteras más importantes del equipo, aunque no era tan buena como Paula. Pero es que ninguna podía ser tan buena como Paula, que había jugado durante años con los chicos en el club de fútbol del barrio. En todo caso, las palabras de Elisa tenían peso entre las reinas del balón—. Jule no dijo que no quisiera entrenar.

Mia caminaba pesadamente de arriba abajo, pues no le gustaba recibir órdenes de Elisa. Pero la intervención surtió efecto, y Elisa reprimió una sonrisa. Por experiencia propia, sabía que Mia se ofendía fácilmente.

—Hagamos una votación para decidir si jugamos un partido o practicamos pases —propuso Elisa, echando una mirada a su alrededor—. ¿Sí?

—¿Y si hacemos ambas cosas? —se pronunció Jule—. ¿Un partidito de media hora y después el entrenamiento?

—Por mí, perfecto —aprobó Elisa, encogiéndose de hombros—. ¿Qué opinan?

Las chicas asintieron con la cabeza. Incluso Marta, que estaba absorta estudiando el material de la carpeta, estuvo de acuerdo. Le caía bien Elisa.

—Por mí, también —la secundó.

Algunas se habían desplazado ya al centro de la cancha para calentar un poco más. Jule empezó a incorporarse; Paula le dio la mano y la ayudó a levantarse.

—¡Estuvo buena tu oposición! —le susurró.

—Pues sí —oyeron decir a Mia, que se les había acercado sin que se dieran cuenta—. Si no, mi orgullo habría vuelto a apoderarse de mí completamente. —Se miró los guayos de fútbol con aire arrepentido—. Lo siento, Jule, como que me iba pasando…

Jule la miró primero en silencio. No dejaba de sorprenderle la velocidad con que solía ceder Mia. Dárselas de ofendida por mucho tiempo no era lo suyo.

—Está bien. Y, bueno, la verdad es que yo podría aguantar un poco más. ¡Menos mal que te tengo a ti para provocarme siempre!

—Siempre firme, no lo dudes. —Los ojos de Mia volvieron a brillar—. ¡Sobre todo cuando regatee a tu lado como una liebre antes de que puedas darte cuenta!

—¡Ya veremos! —se rio Jule—, ¡pues yo te perseguiré como una gacela!

—Entonces ya han empezado a formarse los equipos: liebres contra gacelas. ¿Quién juega con Jule y quién con Mia?

Las chicas se organizaron rápidamente.

—¿Y qué hacemos con la otra portería? ¡Falta Semra! —preguntó Marta, que estaba en el equipo de Jule y acababa de ponerse los guantes. Era bajita y vigorosa, y aunque prefería jugar en la defensa, cuando hacían partidos entre sí, le encantaba jugar de portera, como Semra.

—¡Ay! —Paula se dio una palmada en la frente—. Se me olvidó decirles que Semra llegará un poco tarde. Me mandó un mensaje hace un rato para avisar que tenía que ayudar en la panadería. Alguien tendrá que reemplazarla.

—Pues si se conforman con un semiprofesional, yo puedo hacer de guardameta —dijo una voz masculina.

Las chicas se dieron la vuelta, extrañadas.

Apoyado en un poste, sonriendo, estaba Ben. Él hacía parte del Deportivo KingKong, el equipo masculino de fútbol del colegio, cuyo entrenador era también Mike Munk y el cual había ganado ya varios trofeos; como el del torneo escolar de hacía unas semanas, donde ganaron 2 a 1 contra el 1. CF Solo para chicas. Pero ellas habían dado una buena batalla… ¡Hasta MM había tenido que reconocerlo!

—¿Tú, en la portería? —preguntó Paula, sorprendida.

Ben se encogió de hombros.

—Con los KingKong juego en el medio campo, pero cuando juego con mis hermanos menores, siempre me toca de portero. Y no lo hago tan mal, aunque, obviamente, no le llego ni a los tobillos a Semra. ¿Entonces qué? ¿Aceptan? —preguntó, mirando a las chicas con ojos expectantes.

—¿Por qué no? —respondió Marta—. Al menos, ambos equipos quedan iguales.

Las demás asintieron. Solamente Paula titubeó… Ella sabía perfectamente por qué se había ofrecido a jugar de portero, y se preguntaba cómo reaccionaría su amiga al saber que fue relevada por él, precisamente. Semra se sonrojaba solo con verlo, y hasta un ciego podía ver que él estaba loco por ella.

15

Pero tener novio era tabú para Semra; sus papás no lo permitirían jamás, ni aunque fuera turco. Y tener más problemas en casa era lo último que necesitaba.

—¡Hola! —resonó de pronto por toda la cancha—. ¡Finalmente pude salir antes de lo que pensaba!

Semra apoyó la bicicleta contra la reja de madera, sacó el morral de la canasta y se acercó dando grandes zancadas. La larga falda de tela roja ondeaba en torno a sus piernas; la túnica de suave caída y manga larga acentuaba su talle delgado. A pesar de las ropas anchas que usaba siempre, era evidente que empezaban a crecerle los senos. Sobre todo en ese momento, cuando alzó un brazo para acomodarse uno de sus rizos rebeldes debajo del pañuelo rojo. A veces, con una ligera punzada de envidia, Paula sentía que lo velado era más atractivo que lo demasiado obvio.

¡Ay, cómo es de bonita Semra! Yo nunca podré verme así, con estas mechas indomables y estas pantorrillas de futbolista... Claro que después de seis años de entrenamiento en el club, qué más se puede esperar. Al lado de Semra me siento siempre como un marimacho. Todavía soy plana como una tabla, y los blue jeans *me parecen mil veces más prácticos que las faldas. Pero a Semra todo le luce, aunque lleve siempre el pañuelo ese en la cabeza. Ella no se arregla tanto como Mia, con delineador y pintalabios y esas cosas. Los papás no la dejarían jamás. Y aun así, algo ha cambiado en los últimos meses. Ahora se depila las cejas y eso resalta un montón sus ojos oscuros. Y ya le llegó. A lo mejor es por eso. A mí no*

me ha llegado, y me alegro. Los cólicos y todo ese cuento: ¡no gracias! Yo vi lo mal que se sentía Semra la última vez que durmió en mi casa. Con lo que nos había costado convencer a los papás de que la dejaran quedarse. Apenas nos habíamos organizado, cuando le empezó el dolor. Mamá le trajo una bolsa de agua caliente y nos explicó qué es lo que pasa y por qué duele tanto. Y Semra estaba desconcertada. Nos contó que su mamá no le hablaría así jamás. Ella le compró unas toallas higiénicas, y listo. Pero a mí lo de las toallas higiénicas me parece espantoso. Mamá le dio unos tampones a Semra, para que ensayara, y ella probó y dijo que era más fácil de lo que parecía, aunque yo no puedo ni imaginármelo. Claro que tampoco podía imaginarme que algún día tendríamos un verdadero equipo femenino de fútbol en el colegio. Y, ahora, tenemos el 1. CF Solo para chicas, podemos sentirnos muy orgullosas. No fue nada fácil lograrlo, y tampoco ha sido fácil lidiar con MM como entrenador. Al principio, no daba nada por nosotras, ahora ha cambiado un poco. Pero las cosas no marchan sobre ruedas todavía, y Mia tiene razón: algunas de las chicas siguen muy inseguras. Por eso no me extraña que nos falte dinamismo. Tenemos que relajarnos, simplemente, y solo lo lograremos cuando seamos capaces de dominar el esférico a ojo cerrado. Pero lo lograremos, de eso no tengo duda...

—Bueno, pues mejor le cedo el puesto a la experta —dijo Ben, con los ojos clavados en Semra, que acababa de tirar el morral junto al arco.

—No me demoro nada —les dijo ella a las chicas, que pateaban la pelota de un lado a otro sobre el césped. Luego le lanzó una mirada a Ben, que entendió de inmediato y se dio la vuelta.

Semra se abrió rápidamente la falda y la dejó caer al suelo: debajo llevaba un pantalón de sudadera. Después se sacó la túnica por la cabeza, y al hacerlo, la camiseta que llevaba debajo se alzó ligeramente y su abdomen desnudo quedó a la vista por una fracción de segundo.

—¡Uuuuy! —se oyó en ese momento, seguido por un silbido. Julius, otro miembro de los KingKong, acababa de llegar a la cancha.

Semra se estremeció y se apresuró a bajarse la camiseta.

—Idiota —bufó Paula—. ¿No habías visto nunca un abdomen o qué?

Julius mostró una sonrisa socarrona.

—Pues claro que sí, ¡pero no había visto el de Semra! —exclamó, mirándola con gesto desafiante.

Semra se puso colorada y se inclinó rápidamente sobre su morral de deportes.

—Ven, vamos a buscar a Tim —intervino Ben, tratando de poner fin a la situación incómoda—. ¡Acuérdate de que quería hablar algo con nosotros!

Tomó a Julius del brazo y lo empujó tras de sí. Paula lo miró agradecida.

—Oye, ¿qué te pasa? —se quejó Julius.

Pero Ben se limitó a agarrarlo con más fuerza, de modo que Julius tuvo que seguirlo a regañadientes. El Deportivo

KingKong solía encontrarse también en la vieja cancha del parque, y la estrella indiscutible del equipo era el delantero Tim quien, además de causar furor en el colegio, pertenecía a la división B juvenil de su club de fútbol. Tim, con sus rizos oscuros, era el ídolo de las niñas del colegio.

Mia le había echado el ojo desde hacía un buen tiempo, pero él no le había prestado atención hasta el momento. Un motivo más por el que Mia se había entregado en cuerpo y alma al fútbol. Algún día, él se daría cuenta de lo que ella era capaz de hacer, ¡estaba segura! En ese momento, se empinó y miró a su alrededor; sin embargo, puso cara de decepción al ver que no había rastro de Tim.

Mientras tanto, y aunque Ben y Julius ya estaban fuera del alcance del oído, Semra seguía revolviendo en su morral. Paula supuso que necesitaba un poco de tiempo para tranquilizarse, hasta que la vio sacar los guantes y ponérselos.

—Bueno, empecemos —dijo con expresión serena.

Pero Paula pudo sentir un ligero temblor en su voz.

—¿Segura? —le preguntó.

Semra asintió; primero vacilante, luego con decisión.

—¿Qué fue lo que pasó? ¡Nada!

Este escondite permanente

Mia pateó el balón hacia delante. Con el rabillo del ojo vio venir a Jule, hizo un amague a la derecha y adelantó a su amiga por la izquierda, rumbo a la portería.

—¡Te dije que no me pararías! —le gritó a Jule, sonriendo, pero poco después puso cara de desconcierto.

Había descuidado el balón por un solo instante, lo suficiente como para que Paula se lo quitara sin tocarla.

—¡El que ríe de último ríe mejor! —gritó Paula y pasó el balón al otro lado de la cancha.

Emina dio un brinco y, con un cabezazo, lo puso a los pies de Elisa, que había atravesado la línea central a toda velocidad después de la acción de Paula y ahora corría rumbo al área. Entonces, pateó la pelota hacia la esquina con una curva… ¡Imparable para Semra!

—¡Sí! ¡Eso entraba porque entraba! —exclamó Elisa, con los brazos en alto.

Semra se rio y recogió la pelota.

—¡Disfruta tu cuarto de hora! —dijo, al tiempo que alzaba los puños en gesto amenazador—. ¡La próxima vez ya no podrás con estos!

Jule le dio un golpecito a Mia en el hombro.

—A mí sí pudiste engañarme, ¡aunque, de todos modos, vamos ganando!

Mia no pudo contener la risa. Era demasiado divertido volver a jugar con las chicas.

—Espera y verás —amenazó, mientras sonreía y se preparaba para el saque—. ¡Siempre hay una segunda oportunidad!

Con estas palabras, tomó impulso y le pasó el balón rápidamente a Carlotta, que estaba libre al lado izquierdo. Esta avanzó, regateando, pero Jule se interpuso en su camino. Entonces miró a su alrededor con cara de desamparo. No podía burlar a Jule, eso estaba claro. En ese momento, Nele apareció a sus espaldas como de la nada, le recibió el balón y lo pateó hacia el área sin vacilar un segundo. Marta, que estaba totalmente relajada frente a su arco, ni se enteró del cañonazo de Mia… y en menos de un abrir y cerrar de ojos, el balón estaba adentro. ¡1-1!

—¡Se los dije! —Satisfecha, Mia se secó la nariz y las mejillas con un pañuelo. Odiaba la idea de que el rímel se le corriera y le dejara unas manchas negras en el rostro acalorado.

—¡Ahora solo falta que te retoques el pintalabios en pleno partido! —se burló Paula.

—¿Y por qué no? —replicó Mia, imperturbable—. La apariencia no lo es todo. ¡No tengo que verme como un trapo solo porque juego fútbol! —Se acomodó con energía la camiseta ceñida—. Díganme, chicas, ¿de verdad es necesario que entrenemos? ¡Estoy disfrutando el partido a más no poder!

Paula la miró asombrada. Para ella, Mia era un fenómeno de la naturaleza: por un lado, el orgullo feroz la había llevado a aprender más rápido que todas las demás; por el otro, siempre estaba dispuesta a hacerse la de la vista gorda.

—¿Qué hora es? —oyeron decir desde la otra portería. Mientras el balón estaba en el campo contrario, Semra había aprovechado para hacer un par de flexiones en el travesaño. Entonces sacudió los brazos y se dirigió hacia la línea central—. Todavía me falta organizar las estanterías de la panadería, hoy llegaron productos frescos.

Paula miró el reloj.

—Las cinco y cinco.

Semra puso cara de terror.

—¡Entonces tengo que irme! ¡*Ana* me espera!

—¿*Ana*? —Nele la miró sorprendida—. ¿Quién es esa? ¡Creía que tenías que ayudar en la panadería!

Semra se rio.

—¡*Ana* es mamá en turco! —Regresó a la portería y se vistió a toda prisa—. ¡Lo siento! —les gritó a sus desconcertadas amigas, mientras corría hacia la bicicleta. Y antes de que las demás pudieran darse la vuelta, había desaparecido.

¡Ay, cómo odio este escondite permanente! Pero ana *no puede enterarse de lo que hago realmente cuando me reúno con mis amigas. Y* baba *menos. Si hace mala cara solo por verme salir de la casa con un suéter que no sea de cuello alto... Si por él fuera, tendría que echarme encima una cobija, para que nadie pudiera reconocerme. ¡Pero no pienso dejarme! Menos mal*

que tengo a la tía Elif. Ella sí vive en este planeta y me apoya. Baba le da mucha importancia a sus palabras, tal vez porque es su hermana mayor. Ella siempre le hace sentir que sus preocupaciones respecto a mí son comprensibles y, mientras lo escucha, me hace un guiño secreto. Al final, suspira y le dice que tiene toda la razón, que vivimos en Alemania y no en un pueblito de Anatolia, que aquí las niñas son más independientes, sobre todo cuando sacan tan buenas notas como yo, y que seguro estará muy orgulloso de su hija brillante. Baba rechina los dientes, pues nunca sabe cómo replicarle. Ana, tampoco. Pero es que ella no me entiende, ¿y cómo podría? Se casó muy joven y no conoce nada distinto… y siempre ha hecho lo que se espera de ella. Pero yo no pienso dejarme, yo quiero hacer mi vida. Solo tengo que tener muchísimo cuidado. Por eso no me quito el dichoso pañuelo de la cabeza. Fue un consejo de la tía Elif. Así podría tener más libertades, me dijo, pues ana y baba creerán que estoy de acuerdo con lo que piensan. Pero no es cierto. Yo quiero vivir como cualquier alemana.

¿Qué tiene de indecente el no cubrirse el pelo? No puedo entenderlo. Si por mí fuera, me quitaría ya mismo el pañuelo de la cabeza… Ay, cómo envidio a Mia y a Paula. Ellas no tienen que vivir escabulléndose o mintiendo. ¡Sus papás incluso están orgullosos de que jueguen fútbol! Cosa que sería impensable en mi casa. Pero bueno, si me pongo el pañuelo, al menos puedo salir. La tía Elif tenía razón. Y por eso me lo pongo. Hasta a mis hermanos les parece absurdo, pero ellos no tienen ni idea, pues pueden hacer lo que quieran porque son hombres… y las reglas son distintas para ellos.

Semra llegó a la panadería de sus papás casi sin aliento. Su mamá estaba esperándola.

—¿Dónde has estado todo este tiempo? ¿Acaso quieres hundir a tu madre en una depresión de tanto preocuparse por ti?

Semra suspiró, pero no dijo nada. Bajó la bicicleta al sótano rápidamente, después subió y arrojó el morral en la habitación que compartía con sus hermanos gemelos de quince años. Hacía unas cuantas semanas había logrado convencer a sus papás de que le permitieran comprarse un biombo; al menos, así podía proteger un poco su rincón de los ojos curiosos de los chicos. Aunque en realidad no podía quejarse de sus hermanos. A Cem y a Davut también les incomodaba tener que compartir el cuarto con su hermana menor, pero en el apartamento de tres habitaciones no había más espacio.

Ambos sabían que, en su tiempo libre, Semra no hacía más que jugar fútbol. Y aunque le habían prometido no decir nada, ella no confiaba del todo. Después del torneo de fútbol de hacía un par de semanas, cuando se había plantado en la portería ante los ojos de todo el mundo, sus hermanos se habían mostrado bastante molestos.

"Si te expones así, a cielo abierto, nuestros papás se enterarán muy pronto. Entonces habrá problemas, y nosotros estaremos atrapados en medio", le habían dicho. Y tenían razón.

Semra se frotó los ojos fatigosamente, no podía seguir viviendo a hurtadillas, era agotador. De repente, sintió un escalofrío en la espalda: se moría del susto de confesar, sobre todo porque eso podía significar que no volviera a tocar un balón.

En ese momento, volvió a escuchar la voz de su madre.

—¿Vienes o no? ¡Hay muchísimo que hacer!

Semra bajó corriendo las escaleras a la panadería. En la habitación de atrás había un montón de cajas que esperaban ser desempacadas. Apenas había empezado a remangarse, cuando sintió el celular. Un mensaje. "Los chicos nos dijeron que hay un torneo antes de las vacaciones largas. ¿Podemos ir un momento? Beso, Paula".

Semra dudó brevemente. Después, respondió con decisión: "Claro. Pero cuidado: ni una palabra de fútbol frente a mis papás".

La madre de Semra estaba en la panadería atendiendo a dos clientes. Como siempre, cuando estaba trabajando, llevaba el pañuelo muy apretado y hasta la mitad de la frente, de modo que no asomara ni un solo pelo. Y aunque apenas tenía treinta y cinco años, a Semra le pareció mucho mayor al verla ahí detrás del mostrador: con la falda larga y la blusa cerrada, sobre la cual (para colmo, en opinión de Semra) se había puesto un chal de lana. ¡Y eso que el sol brillaba con calidez en medio de un cielo azul de película!

"Debe estar sudando a mares", pensó Semra al verla, mientras le entregaba un café con leche a uno de los clientes. "Por lo menos ya habla alemán bastante bien, aunque en casa hablamos turco todo el tiempo. Y cuando va al médico, siempre tengo que ir con ella para ayudarle".

Semra suspiró.

—¡Voy a empezar a desempacar las cajas! —anunció—. Paula y las demás van a pasar un momento. Tenemos que hablar algo del colegio. ¿Está bien?

Su mamá la miró sorprendida.

—¿Pero no acabas de verte con ellas?

Semra sintió que la cara se le ponía caliente. Confundida, buscó una respuesta que no sonara demasiado traída de los cabellos.

—A Paula se le ocurrió que podríamos reunirnos regularmente para estudiar, una o dos veces por semana. Ahora que se acercan tantos exámenes importantes.

Exhaló lentamente. Bien pensado. Si su mamá caía, incluso era posible que pudiera ir a entrenar con más frecuencia.

Pero la madre no se dejaba engañar tan fácilmente.

—¿Y acaso no puede esperar hasta mañana? Además, tus notas son buenas. ¿Para qué necesitas un grupo de estudio?

Semra alzó las manos en un fingido gesto de desesperación.

—*Aaanaaa…* Mis notas son buenas solo porque estudio con regularidad. ¡Y explicarles lo que sé a las demás me ayudaría a aprenderlo todo aún mejor!

Su mamá meneó la cabeza, vacilante, pero accedió.

—Está bien, la verdad es que es muy bonito que vengan tus amigas. ¡A lo mejor podrían estudiar aquí!

Semra entornó los ojos interiormente: eso era lo último que quería. Pero sostuvo la mirada escrutadora de su madre.

—Ya hablaremos de eso. Ahora voy a ponerme a desempacar, ¿bueno?

Las manos le temblaban cuando abrió la primera caja. Se avergonzaba de haber vuelto a decir mentiras, pero al mismo tiempo estaba furiosa.

"¡Ellos tienen la culpa!", pensó, mientras ponía los paquetes de harina, ajonjolí y azúcar enérgicamente en la repisa. "Si me dejaran jugar, no tendría que decirle mentiras a nadie".

Se pasó el dorso de la mano por la frente. Desde el principio había sabido que no sería fácil, pero no quería pensar en eso en ese momento; no tenía sentido. Entonces, se puso a trabajar intensamente y justo acababa de abrir la última caja cuando sintió un vocerío que llegaba de la panadería. ¡Jule, Mia y Paula! Se apresuró a acomodar los últimos paquetes en la estantería y salió a toda prisa.

—Uy, ¡ya llegaron! —gritó—. ¿Quieren jugo de naranja? ¿O un refresco? ¡Hay *baklava*, rosquillas de ajonjolí y panecillos! —anunció, nerviosamente, después de echarle un vistazo veloz al mostrador.

Las amigas intercambiaron miradas fugaces. Esa agitación no era normal en Semra.

—*Ana*, no queremos molestarte aquí en la tienda —le dijo a su mamá—. ¿Hay algún problema si nos sentamos un rato en la entrada? Hace un clima tan bueno afuera…

La madre de Semra había alistado un plato con dulces deliciosos y recibió a las chicas con una sonrisa.

—Me alegra que vengan. La próxima vez también pueden venir a estudiar aquí. ¡Así Semra no tendrá que salir tanto de la casa! —dijo, mientras miraba a su hija, por lo que no pudo ver las caras desconcertadas de las tres amigas—. Toma, llévate el plato. Pero quédense aquí al frente. ¡*Baba* llegará en media hora a cenar!

Las cuatro salieron apresuradamente. Mia se sentó de un brinco en el murito que había delante de la casa. Jule se sentó a su lado y miró a Semra con ojos interrogantes.

—¿Qué fue eso que dijo tu mamá de que vamos a estudiar aquí contigo? Si eres una de las mejores de la clase, salvo en alemán.

—Chitón… ¡no hables tan fuerte! —Semra miró hacia atrás, nerviosa—. ¡Tuve que inventarme una excusa de por qué iban a venir justo después de que acabábamos de vernos! —Suspiró—. Por eso le dije que estábamos pensando organizar un grupo de estudio y que necesitábamos discutirlo urgentemente. ¿Pero qué es eso de que hay un torneo?

"¡Sí, antes de las vacaciones largas!", "¡Un intercolegial!", "¡Munk ya lo tiene todo pensado!", Mia, Paula y Jule contestaron a gritos y al mismo tiempo, por lo que Semra volvió a ponerse el dedo sobre los labios.

—¡Suave, que me van a meter en problemas!

Las amigas hicieron silencio. Paula pescó un pedazo de *baklava* y mordió una punta con deleite.

—Bueno… —tragó el trozo de manjar—, los chicos nos contaron que Munk está organizando un torneo entre colegios, con equipos masculinos y femeninos. En junio, o sea, en unos dos meses.

—Y eso quiere decir que debemos ponernos las pilas —intervino Mia, impaciente—. Dedicarnos a jugar partiditos no será suficiente porque, seguramente, la cosa no será tan fácil como en el torneíto de hace poco. Mejor dicho, ¡tenemos que entrenar en serio! —Miró a Semra—. "Somos un equipo vencemos con el corazón... ¡Porque somos las reinas del balón!" —citó, en voz baja, el lema del equipo—. Y tú también. Si no, estamos perdidas.

Jule y Paula guardaron silencio. Sabían lo mucho que le costaba a Semra ir cumplidamente al entrenamiento.

Semra permaneció un rato ensimismada y meditabunda; después, alzó la cabeza. Una sonrisa se dibujó en su rostro.

—Ya nos las arreglaremos. Ahora somos un grupo de estudio, al fin y al cabo, y estudiar es lo más importante... ¡Al menos, eso dicen siempre mis papás! —Las amigas sonrieron y aplaudieron, emocionadas—. Será mejor que regrese —dijo Semra haciéndoles un guiño—. Pero estoy segura de que nos aprenderemos tan bien la lección, que dejaremos a todos boquiabiertos. ¡Chao!

Las tres amigas comprendieron enseguida.

—¡Por supuesto! ¡Hasta mañana!

Emocionada y con la cabeza en alto, Semra abrió la puerta de la panadería. Su madre alzó la mirada brevemente.

—¿Entonces? ¿Vendrán a estudiar aquí? —preguntó mientras restregaba una mancha resistente.

—Eeeeh... —Semra volvió a sentir que la cara se le ponía caliente. ¡Se había olvidado de la propuesta de su madre por completo!—. Decidimos que nos turnaremos de casa —se apresuró a responder.

Ya se las ingeniaría para sortear ese problema, ¡de eso estaba segura!

¡A ponerse las pilas!

—¡Eso no puedes prohibírmelo! —Al levantarse de la silla con un brinco, Paula chocó contra la mesa de la cocina. La limonada se tambaleó peligrosamente, y Paula alcanzó a imaginarse limpiando el reguero. ¡Pero qué más daba!—. La voz de papá también cuenta, y a él le parece bien que juegue. Pero, claro, él no vive pendiente de las notas, como tú. ¡Para ti, un simple aceptable significa que voy a terminar limpiando baños! Y para que sepas: ayer estuve estudiando un rato larguísimo. ¡Pero nunca es suficiente!

Paula dio rienda suelta a su profunda indignación: el día anterior se había pasado dos horas enteras estudiando las operaciones con fraccionarios, una y otra vez; incluso, se había perdido las noticias deportivas. Pero su mamá venía ahora con la eterna cantaleta: "estudiamos para la vida, y no podemos recuperar lo que desaprovechamos". ¡No podía soportarlo más! Además, estaba cansada después de una noche corta: habían tenido una sesión de películas donde Mia y se habían quedado a dormir allá.

De las cuatro amigas, Mia era la que tenía la habitación más grande, y sus papás no daban lata. Lástima que Semra no había podido ir, pero de todos modos la habían pasado muy bien y se habían acostado tardísimo. Al mediodía, Paula había regresado a la casa agotada, pero de un humor excelente…, que su mamá se había encargado de arruinar con su sermón.

Los ojos se le llenaron de lágrimas, pero no quería que su mamá se diera cuenta por nada del mundo. Por eso, agarró la botella que no se había caído, afortunadamente, y se dio media vuelta.

—Paula, quédate aquí.

La voz de la madre sonó amenazadora y baja, pero eso no detuvo a la hija. Conocía demasiado bien ese tono. Últimamente discutían con mucha frecuencia.

"Es el estrés normal de la pubertad", había dicho Jakob, el hermano mayor de Mia, al oír las quejas de Paula, para luego añadir con una mirada sugestiva hacia su hermana: "Especialmente explosivo entre madres e hijas… ¡Por eso los padres prefieren mantenerse alejados!". "Pero los hermanos no, por desgracia", había dicho Mia, mientras seguía limándose las uñas.

Pero Paula estaba totalmente de acuerdo con Jakob. La relación con su papá era mucho menos estresante que con su mamá. Desde la separación, hacía dos años, su papá se había ido a vivir en un apartamento que quedaba a unos diez minutos en bicicleta. Su mamá se había quedado con la casa familiar, que ahora a Paula le parecía demasiado grande, y semana tras semana tenía que desplazarse de un lado al otro. Desde el viernes había comenzado una nueva semana donde su mamá, pero no empezaba muy bien que digamos.

—¿Para qué voy a quedarme? ¡Si ya está todo dicho! —bufó y salió de la cocina como una exhalación.

—Paaaulaaa.

La voz de la mamá sonó aguda entonces, como siempre cuando ya no sabía qué más hacer. Pero eso tampoco le importó a la hija, que se dirigió a su habitación encolerizada y cerró la puerta tras de sí. Solo por seguridad, pues hacía un buen tiempo que su madre ya no la perseguía después de una pelea. Ahora lo dejaban pasar. En silencio. Y les costaba volver a aproximarse.

Paula se echó en la cama y se secó con ira las lágrimas que rodaban por sus mejillas. Luego, se acostó bocabajo y puso un disco de Lady Gaga. La música a todo volumen le ayudaba a pasar la furia. Hundió la cabeza entre los brazos cruzados y respiró profundo: inhalar y exhalar, eso le ayudaba.

Ay, siempre es el mismo rollo del colegio… Ya parece como un lavado de cerebro: apréndete esto, estudia lo otro. Cuando a mamá se le mete algo en la cabeza, no hay quién se lo saque. Y puede que eso le sirva en su trabajo como médica, pero conmigo no. Por más que me presione, no soy una estudiante estrella. Y conmigo solo consigue el efecto contrario. Como ahora: la verdad es que tenía pensado volver a repasar el cálculo de porcentajes, ya que tenemos examen el martes, pero entonces ella vuelve y empieza con que cómo quiero aprender si me paso toda la noche de fiesta. Solo porque le dije que quería dormir una horita. Es que ni siquiera me deja hablar, y en cambio me aplasta con su cantaleta como una aplanadora. Papá es muy distinto. Al menos él me escucha y me pregunta cómo veo el asunto y qué he pensado hacer al respecto. Mamá solo puede pensar en su plan. Si no sale como esperaba, presiona aún más. Y entonces me suelta una bomba como la de ahora: que si no me pongo a estudiar ya mismo, bien puedo olvidarme del entrenamiento de mañana. ¡Eso es injusto! Ella sabe lo importante que es el equipo para mí. Por eso estallé. ¡No puede prohibirme el fútbol! Si es así, me largo adonde papá. A lo mejor debería… No, no se puede. Seguro que mamá se pondría tristísima si me fuera del todo adonde papá. Pero mañana iré a la práctica del equipo; diga lo que diga. Y tampoco pienso decirle mentiras, como Semra con sus papás. Por la noche, cuando me pregunte, le diré de frente que fui al entrenamiento. ¡Pase lo que pase!

Al despertarse, a Paula le gruñía el estómago. Miró el despertador que tenía junto a la cama: eran pasadas las seis. Había dormido más de tres horas. Ahora se sentía mejor… y tenía un hambre feroz. Se acercó a la puerta sigilosamente. Se oían voces: o su mamá tenía visita o estaba viendo televisión. Entonces, se deslizó rápida y silenciosamente hasta la cocina y abrió el refrigerador.

"Ummm… ¡yogur de vainilla! Perfecto para este momento", murmuró, mientras sacaba dos porciones. "Y para empezar, ¡pan con queso!". Cortó unas buenas tajadas de queso y las puso en un plato. Luego sacó una rebanada de pan. Solo había pan integral con semillas, el que tanto le gustaba a su madre. "Odio el pan integral", se quejó entre dientes. "¡Y las semillas!".

Donde su papá había siempre pan blanco y blandito, y a Paula le encantaba, sobre todo con una buena capa de mantequilla encima. Ese siempre había sido un motivo de discusión entre sus padres, que a Paula le parecía una soberana tontería. ¡Pero es que los adultos a veces eran muy tontos!

—También hay tomates.

Paula se dio la vuelta. Su mamá estaba en la puerta de la cocina. Se miraron fijamente durante unos segundos, en silencio. Paula cerró el refrigerador con lentitud acentuada.

—Gracias, pero no tengo ganas de comer tomate.

Acomodó la comida en una bandeja y se sirvió una taza de bebida. En el mesón de la cocina había siempre un termo con infusión de hierbas. Otra manía de su madre, ¡para que tomara suficiente líquido!

—Veo que quieres comer sola. —La voz de su mamá sonaba marcadamente tranquila. Demasiado tranquila, pues la tensión podía cortarse con un cuchillo—. ¡Entonces me voy a ver las noticias!

—Sí, ve a verlas —respondió Paula, lacónica.

Alzó la bandeja y se encaminó hacia la puerta. Su mamá se apartó con reticencia, pero Paula vio cómo le temblaban las comisuras de los labios: le costaba no decir nada más, y ella lo sabía perfectamente. Estaba haciendo un esfuerzo por contenerse. Y eso alegró a la hija.

* * *

—Sigan adelante —les dijo Paula a las tres amigas, que ya se habían echado los morrales al hombro. Ella continuaba sentada en la banca roja al borde del patio del colegio y estaba guardando la bolsa del almuerzo en el morral—. Tengo que hacer una llamadita, ¡ya las alcanzo!

Mia, Jule y Semra asintieron y se dirigieron al gimnasio. Acababan de almorzar juntas, como todos los lunes después de clases, pues como tenían la práctica en la octava hora, no valía la pena irse hasta la casa a almorzar.

Mia y Jule se habían pasado todo el rato hablando de *Los piratas del Caribe*, la película que habían visto el sábado donde Mia, quien estaba encantadísima con Johnny Depp en su papel del capitán Jack Sparrow. A Jule le había gustado más el tímido Will Turner. Semra no había musitado palabra, pero es que ella no había estado.

Ahora eran casi las dos y media, y el entrenamiento con Mike Munk empezaría en un cuarto de hora. Por eso debían ir ya al vestuario.

Paula buscó su celular. No podía dejar de pensar en la pelea con su mamá. Tras un desayuno silencioso, se había despedido con un escueto "¡Buen día!". No habían dicho ni una sola palabra sobre el entrenamiento de fútbol.

Entonces escribió un mensaje a toda velocidad: "Hola, ma. Voy a la práctica, después estudio mate. Beso, P.".

Luego, dudó brevemente y pensó que su mamá tal vez lo interpretaría como una provocación. No importaba. Solo quería informarle dónde estaba. De todos modos, no había duda de que habría pelea. Oprimió el botón de enviar, alzó el morral y corrió tras sus amigas. En ese momento, sintió el zumbido del teléfono. Un mensaje de su mamá: "¡Ya hablaremos de eso! Ma.".

Paula sintió un nudo en la garganta. "Ya hablaremos", se dijo entre dientes. "Seguro me saldrá con otro sermón".

En todo caso, no pensaba perderse la práctica. Dejó caer el celular en un bolsillo lateral del morral y siguió a las otras.

—Llegas tarde —la saludó Carlotta, que salía del vestuario en ese momento—. Las demás ya están en el gimnasio.

—No me demoro.

A toda prisa, dejó caer el morral sobre la banca, se quitó los zapatos y se bajó el *blue jean*. Hoy tendría que usar la camiseta que llevaba puesta. Se puso los pantalones cortos; se amarraría los tenis en el gimnasio. Antes de abrir la puerta, pudo oír la voz estruendosa de Mike Munk… "¡Rápido, señoritas! Todavía tenemos varias cosas por delante. ¡La próxima semana es el amistoso contra las chicas del colegio Marie Curie!".

Paula se quedó de una pieza. Se le había olvidado por completo, por culpa de las matemáticas y su mamá. ¡El partido amistoso era el miércoles de la otra semana! Tendrían que entrenar muy en serio a partir de ahora. Se inclinó para amarrarse los tenis antes de entrar en el gimnasio.

—¡Buenas noches! —la saludó el profesor de deportes, aplaudiendo impacientemente—. ¡En marcha! Hoy quiero que practiquemos un par de jugadas de ataque, sin falta. Pero primero den sus vueltas… ¡Cada tercera, a toda velocidad! Y antes de que se me olvide —Mike Munk alzó un brazo y mostró sus músculos con una sonrisa maliciosa—: Diez lagartijas delante del cuarto de materiales. Para sus abdominales y pectorales.

Jule se quejó en voz baja, antes de ponerse en movimiento.

—A veces me pregunto por qué me hago esto. ¡MM tiene todas las cualidades de un inquisidor!

—¿De un qué? —preguntó Maya, que corría a su lado.

—Un torturador —respondió Jule entre dientes.

—Ay, no empiecen con la quejadera. Aguantar un poco nunca le hace daño a nadie. ¡Y Munk sabe cómo exigirnos para que respondamos! —dijo Mia, al adelantarlas con paso ligero.

Jule la miró y sacudió la cabeza.

—¡El orgullo la carcome todavía!

Paula, que ya había llegado a la zona de las lagartijas, hizo la primera flexión con todas sus fuerzas, respirando profundo. "Arriiiba, abaaajo… Arriiiba, abaaajo". Parecía que iba a hundir el suelo con las manos de lo furiosa y frustrada que se sentía. Quería hablar con Semra urgentemente después de la práctica. Seguro que su mejor amiga sabía cómo debía hablar con su mamá, y su voz siempre le daba ánimos.

Al terminar las vueltas del calentamiento, Mike Munk les pidió que se ubicaran frente al arco.

—Bien. Ahora, hagan una fila al borde del área. Yo les paso la pelota y ustedes disparan directo al arco. ¡Hay que darle trabajo a Semra! ¡Si no, se nos oxidará dentro de su larga funda!

Semra se había puesto ya los guantes y tomó posición. Aunque hizo caso omiso de la indirecta de MM, se veía un poco tensa.

Paula era la primera. Recibió el balón, miró fugazmente hacia la esquina superior izquierda y disparó con toda su alma. ¡Qué bien se sentía eso!

El esférico voló con una curva ligera hacia el arco, y aunque Semra se lanzó en la dirección correcta y estiró los brazos, apenas alcanzó a tocarlo con las puntas de los dedos. La pelota se hundió entre la red y Semra, que no pudo contener el impulso y chocó contra el palo. El pañuelo se le resbaló de la cabeza. Con un gesto de dolor, intentó apoyarse y acomodárselo desesperadamente. Pero el nudo de la nuca se deshizo finalmente y el pañuelo cayó al suelo.

—Un momento, por favor —dijo, mientras se inclinaba en busca del pañuelo para volver a amarrárselo en la cabeza.

—¡Estás interrumpiendo el entrenamiento entero! ¡Y todo por ese pañuelo estúpido! —Mike Munk sonaba furioso. Se acercó enérgicamente a Semra—. Ya te he dicho que ese trapo anticuado está prohibido hasta en los colegios turcos desde hace años. Solo en Alemania les dio por el cuento multicultural, y entonces cualquiera puede hacer lo que se le da la gana. —Había un deje de desprecio en su voz—. ¡Pero a mí me tiene sin cuidado! —Se plantó delante de Semra—. Puedes escoger: o utilizas una balaca de ahora en adelante o te sales del equipo. ¡Yo, por lo menos, no quiero volver a verte con ese harapo misógino en la cabeza!

Semra había ido encogiéndose más y más ante la perorata del profesor, y el pañuelo se le resbaló entre los dedos y volvió a caer al suelo. Justo a los pies de Mike Munk. Parecía diminuta junto al gigante de espaldas anchas.

—Pero es que soy musulmana… —empezó, pero se quedó sin voz.

Paula se ubicó a su lado en gesto protector. Enfrentársele a MM no era cualquier cosa. Jule y Mia se ubicaron detrás de Semra. Ahora eran cuatro, aunque ninguna abrió la boca. Las demás chicas se acercaron también.

Semra se inclinó y recogió el pañuelo. Se lo acomodó con lentitud en la cabeza y se lo ató en la nuca. Después miró fijamente al entrenador.

—Mis papás quieren que lleve el pañuelo en la cabeza —dijo en voz baja—. Por mí, no me lo pondría nunca. Pero las cosas no son tan fáciles como usted piensa. —Hizo una pausa y respiró profundo—. Si no me lo pongo, no podré seguir jugando…

Paula miró a su amiga con asombro, y con el rabillo del ojo pudo ver que las chicas se habían acercado cada vez más. Entonces sonrió para sus adentros. Eran un equipo de verdad. Una para todas, y todas para una. ¡Sin importar de qué se tratara!

Los ojos del entrenador echaban chispas. Por muy tímida que pareciera la pequeña alumna, le había ofrecido resistencia. Y eso era digno de respeto, pues él sabía que se había pasado. Su temperamento lo desbordaba con demasiada frecuencia. Además, sabía que Semra era una portera excelente. Tenía muy buena intuición para el balón y una capacidad de reacción maravillosa. Entonces, se aclaró la garganta.

—¡Bueeenooo! —rompió el silencio tenso—. Si no puedes jugar sin el pañuelo, entonces déjatelo. ¡Pero por lo menos amárratelo bien para que no vuelvas a interrumpir la práctica!

Un respiro de alivio se extendió entre las chicas. Paula no podía creerlo. Que Mike Munk se retractara era algo realmente inesperado. Semra, a su lado, se relajó también. Había jugado sus cartas y había sido honesta hasta cierto punto. Les había prometido a sus padres que llevaría el pañuelo cuando estuviera en público y estaba cumpliendo su promesa, pero había preferido reservarse la parte de que sus padres no sabían nada del equipo. Se apretó el nudo nuevamente y tomó posición frente al arco.

—Estoy lista —anunció, lanzándole una mirada al profesor de deportes.

Hay cosas más importantes que el fútbol...

—Muy bien, señoras y señores. —El profesor de matemáticas de 7C se plantó con gesto mordaz delante de la clase—. ¡Ha llegado el momento de devolverles el examen!

El profesor, de cuerpo robusto y estatura corta, se pasó la mano por los pocos pelos canosos que todavía le quedaban en la cabeza. Recorrió el salón con mirada severa, y Paula no pudo evitar agacharse. Luego, alzó la pila de exámenes y empezó a repartirlos.

—Jule, excelente como siempre. ¡Literalmente: excelente!

Jule recibió el examen con una sonrisa radiante.

—Un resultado muy distinto al de nuestra gran promesa de Hollywood. —Se acercó al pupitre de Mia, con gesto burlón—. Puede que algún día te conviertas en una supermodelo o incluso en una buena actriz —el examen se deslizó sobre la mesa de madera con un ligero zumbido—, pero deberías abstenerte de los musicales. Quien no entiende las matemáticas tampoco comprende la música. Aceptable, apenas aceptable. Mejor suerte para la próxima.

Mia guardó el examen sin echarle un vistazo siquiera.

—Prefiero confiar en mi intuición —respondió, con voz dulzona, mientras observaba serenamente al profesor con sus ojos maquillados de azul claro—. ¿O eso también hay que calcularlo?

Hubo risitas en las últimas filas, pero el profesor se dirigió al siguiente sin responder.

—Julius, la pelota es redonda... En eso estamos de acuerdo, ¿o no? Eso quiere decir que no es una rebanada. ¿O vas decirme que lo que vives pateando es un *frisbee*? —Julius, a quien nunca le faltaban las respuestas, se quedó mirando al profesor sin comprender—. Muchacho, una esfera es un cuerpo, de manera que su contenido es tridimensional y se mide, por tanto, en metros cúbicos. ¡Al igual que el contenido de un cubo!

El profesor sacudió la cabeza, y Paula se hundió aún más en el asiento. Además del cálculo de decimales y fraccionarios, el profesor había incluido una unidad de geometría especialmente difícil como ejercicio adicional. Eso también la había tomado totalmente por sorpresa el día del examen. Y el mismo Julius se veía bastante preocupado en ese momento.

—... Pero tú fuiste capaz de calcular el contenido de una esfera en centímetros cuadrados. ¡Una verdadera obra maestra, más aun viniendo de un futbolista! —El profesor puso el examen en la mesa delante de Julius enérgicamente—. ¡Yo diría que le falta al menos una dimensión! Sin embargo, el resto estaba bastante bien. Lo suficiente como para pasar, pero apenas raspando.

Con la cara roja como un tomate, Julius respiró aliviado y alzó el examen.

El profesor se acercó al pupitre de Paula, que se encogió y cruzó las manos sudorosas.

—A veces, los profesores nos llevamos sorpresas positivas —le oyó decir—. Estudiar vale la pena, ¿no? Toma, ¡sacaste un bueno limpiecito!

Desconcertada, Paula recibió el examen. ¡Eso sí que no se lo esperaba! Estaba a punto de darle un codazo a su amiga, cuando volvió a oír la voz del profesor.

—Por desgracia, también experimentamos lo contrario. —Se inclinó sobre Semra mientras ponía el examen en la mesa delante de ella—. ¿Qué es lo que te pasa? Últimamente estás demasiado distraída. Y se notó en tu examen: apenas aceptable. ¡Realmente esperaba más de ti!

Semra bajó los ojos. Con el rostro pálido, clavó la mirada en la mesa. El profesor se había alejado ya para terminar de repartir los exámenes con sus comentarios característicos.

—¿Estás bien? —Pese a su felicidad, Paula había podido ver la decepción en la cara de su amiga, que asintió, pero sin mirarla. La campana sonó en ese instante.

—Bueno, chicas, eso es todo por hoy. —Mia se abrió camino hacia Semra y Paula. Parecía haberse olvidado por completo de la mala nota. Luego se dirigió a los demás compañeros de curso—: Mientras ustedes se deleitan en clase de historia con una conferencia sobre la Edad Media, interesantísima con toda seguridad, ¡nosotras nos zambulliremos en la vida real! —Y con una amplia sonrisa, se echó el morral al hombro—. Hay cosas más importantes que el fútbol… ¡pero no en este momento!

A su lado, Jule estaba lista ya para ponerse en marcha. Había llegado el día, la hora de la verdad: el partido amistoso contra el equipo femenino del Marie Curie. Mike Munk había reservado una furgoneta para que pudieran ir todas juntas.

Mia se frotó las manos, segura de sí misma. ¡Hoy demostrarían lo que eran capaces de hacer, no le cabía la menor duda!

—¡Muy cierto, pero para los que realmente sabemos jugar! —le oyó decir a una voz incisiva. Con los brazos cruzados en el pecho, Julius se mecía en el asiento—. Supongo que estarán discutiendo si el balón se debe patear con el borde izquierdo o con el derecho…

Andi, su compañero de pupitre, sonrió maliciosamente. Él también jugaba con el Deportivo KingKong, y también opinaba que a las chicas no se les había perdido nada en la cancha.

Mia fulminó a Julius con la mirada.

—El profe de mate tiene razón —dijo con serenidad—. ¡A tu cerebro de gorila le falta una dimensión esencial!

Con estas palabras, les hizo una seña a sus amigas para que la siguieran y abandonó el salón con la cabeza en alto. Afuera, frente a la entrada del colegio, Mike Munk las esperaba ya junto a la furgoneta.

—¡Andando! —gritó—. ¡Si no son capaces de darse un poco de prisa, mejor ni vamos! —Contó a las jugadoras una por una—: Nele, Marta, Emina, Carlotta, Elisa, Maya, Luisa, Nadia. Las señoritas Jule, Mia, Paula y Semra han llegado finalmente. ¡Arriba entonces!

Nina König apareció por la esquina en ese momento.

—¡Espero que me hayas reservado un puesto! —Saludó a las chicas agitando la mano alegremente—. ¡Pues por supuesto que quiero estar presente cuando las chicas les den una paliza a sus rivales!

Durante los últimos meses, la profesora había apoyado al 1. CF Solo para chicas con todos sus medios. Y no era de extrañarse, pues ella misma había sufrido en su infancia al no poder jugar fútbol. Aunque tenía un gran potencial, no hubo nadie que la apoyara, aparte de su padre. En el club de fútbol de su ciudad natal solo podían jugar los chicos, y eso era inmodificable; por aquel entonces, el fútbol se consideraba un deporte solo para hombres. Por eso, Nina König no había vuelto a patear una pelota en veinte años, hasta que a Paula y sus amigas se les había ocurrido la idea de fundar un equipo femenino. Desde entonces, vivía pendiente de las chicas y jugaba uno que otro partido de entrenamiento con ellas.

La joven profesora metió una maleta marrón debajo del asiento del copiloto y se sentó. Después, miró hacia atrás con una sonrisa.

—¿Están todas listas?

—¡Claro! —contestaron en coro.

Mike Munk suspiró. Otro histérico ser femenino… ¡Justo lo que faltaba! Se aferró al timón con un gruñido. Pero en el fondo se alegraba de no estar solo en aquella aventura, pues al contrario de su colega, no estaba tan seguro de cómo terminaría el partido. En ese momento, echó un breve vistazo hacia la derecha. Nina König advirtió la expresión escéptica en su rostro y le sonrió.

—¡Anímate! ¡Será un gran día! Chicas, ¿vieron el partido de la selección nacional femenina el fin de semana? Buenísimo, ¿no? Cuatro millones de espectadores, según leí en el periódico. —Después agregó con un guiño—: ¡Si seguimos así, vamos a poner a los hombres en aprietos!

Mike Munk puso los ojos en blanco, pero Nina König hizo caso omiso.

—¿Listas?

El sonido de los cinturones de seguridad abrochándose uno tras otro fue la respuesta. Las cuatro amigas se habían acomodado en los últimos puestos.

—¡Tengo hambre! —se quejó Jule y sacó del morral la bolsa del almuerzo. Mia se miró con ojos escrutadores en su espejito de bolsillo. Paula miró a Semra, pero esta última miraba fijamente por la ventana.

¡Nunca había sacado una nota tan mala en un examen de matemáticas! El profesor tiene razón: estoy distraída. Tengo cosas muy distintas al colegio y el estudio en la cabeza. Mi vida ha cambiado tanto. Hace un año, todo seguía siendo fácil: solo estaba el colegio, las amigas y la familia. Podía verme con Paula cuando quería, con tal que regresara a casa a tiempo. Pero ahora... Ahora todo es terriblemente complica-

do. Y todo comenzó cuando empecé a ir a estudiar con el hoca, el maestro del Islam. Ahora, me paso los sábados estudiando el Corán... ¡en árabe! Y el maestro nos explica los capítulos, o suras. Claro que es muy interesante, porque en el colegio no nos enseñan casi nada sobre el islamismo; pero cuando habla de las mujeres, me da hasta dolor de barriga. Yo no pienso resignarme al destino que Alá me ha reservado solo porque soy mujer. Tampoco creo que mis papás sepan qué es lo mejor para mí. Pero baba y ana son de una opinión muy distinta, claramente. Y se han vuelto mucho más estrictos, sobre todo desde que ana supo que me había llegado el periodo. Ahora me presionan todo el tiempo para que me vista castamente y no llame la atención de los chicos. ¡Es horrible!

El pañuelo de la cabeza ayudó a que se relajaran un poco porque les hace creer que soy como ellos, pero en realidad es una mentira absoluta. Yo soy yo, y no soy como ellos... Mucho menos como ana. Estudio porque me gusta y porque quiero ser arquitecta. No quiero depender de un hombre que me mantenga y que mis padres hayan escogido para mí, ¡y al que probablemente yo no ame! ¿Por qué rayos? ¿Porque así lo dice la tradición? Yo quiero decidir qué me hace feliz. Y soy feliz en la portería o cuando hablo con Ben sobre libros interesantes que nos han gustado a los dos. Ay, Ben, cómo me gustaría poder verte a solas algún día...

La furgoneta arrancó y Mia sacó una bolsa de gomitas.

—¿Alguien quiere?

"¡Uy, sí!", "¡Claro!", "¡Justo lo que necesitaba!", gritaron todas al tiempo. Menos de diez minutos después, la bolsa estaba vacía.

La que más comió fue Jule. Hoy se sentía mejor, no solo por el excelente en matemáticas y el partido que les esperaba y que le producía muchísima emoción, sino porque las cosas parecían estar mucho mejor en casa. Su padre había vuelto y sus papás llevaban ya varias semanas sin pelear. Es más: últimamente estaban tan cariñosos entre sí como no lo habían estado en mucho tiempo. La separación parecía ser cosa del pasado. Jule respiró profundo y se desperezó en el asiento.

Al cabo de media hora, llegaron al colegio Marie Curie. Mike Munk estacionó la furgoneta y se dio la vuelta.

—¡Muy bien, a la batalla! Recuerden que son buenas en el ataque, sobre todo. Y Semra… —miró a la ágil portera directamente a los ojos—: ¡Guarda bien la meta! ¡Tú puedes! —Respiró profundo—. Todas juntas componen un equipo y han aprendido mucho en estos últimos meses. Muestren lo que son capaces de hacer, ¡y saldremos vencedores!

Las chicas lo miraron sorprendidas. No estaban acostumbradas a oír palabras de aliento de la boca de su entrenador. Nina König sonrió de oreja a oreja. Estaba claro que el entrenador gruñón creía en sus chicas mucho más de lo que dejaba ver con su actitud grosera.

Mike Munk abrió la puerta de la furgoneta enérgicamente.

—Claro que si vuelven a enredarse con la pelota como en el último entrenamiento, ¡estamos perdidos!

¡Pero no en este momento!

—¡Nunca me habría esperado que MM fuera a pronunciar algo parecido a un elogio! —Jule avanzó dando brincos nerviosos por el camino pedregoso. Las piedras crujían bajo sus pies.

Las otras también empezaban a inquietarse. Incluso Mia se veía bastante tensa, como pudo notar Paula de reojo.

—¡Oye! —exclamó, y la rodeó con el brazo—. ¿No fuiste tú la que dijo que lo importante era la apariencia? —Miró a Mia, sonriendo—. Te ves como una verdadera reina del balón: peinado perfecto, labios recién pintados… y apuesto a que esta mañana te pintaste también las uñas de los pies, aunque queden ocultas dentro de los guayos. ¿Qué podría pasarnos?

Mia tuvo que reírse; luego, volvió a ponerse seria. Delante de ellas se extendía el campo de deportes del colegio Marie Curie, donde había unas diez chicas que lucían unas camisetas azules oscuras con el emblema del colegio y el nombre del equipo: Maries.

—¡Oh, no! —Paula se quedó boquiabierta—. ¡Tienen uniforme! —Entonces paseó la mirada de Mia a Semra y luego a

Marta, Elisa, Nele y las demás—. Y el 1. CF Solo para chicas es una mezcolanza de camisetas azules, amarillas y rosadas, ¿no?

Carlotta soltó una risita.

—Exacto. ¡Paula y su cuadrilla variopinta!

A Paula no le hizo ninguna gracia el comentario. Mike Munk también se veía bastante desconcertado. No se le había pasado por la cabeza.

Solo Nina König siguió caminando alegremente.

—¡Vamos, que nos están esperando! —exclamó—. ¡Además, tenemos que hacer una pequeña prueba antes del partido! —dijo, y señaló la maleta marrón que se había metido debajo del brazo.

Las chicas se miraron sorprendidas.

—No me digas que... —Mike Munk se había quedado, extrañamente, sin palabras.

Pero Nina König se había encontrado ya con el entrenador de las Maries, a quien saludó con un fuerte apretón de manos.

—¡Nos alegramos muchísimo de estar aquí! —La profesora inclinó ligeramente la cabeza, con una mirada radiante y encantadora—. ¡Y esperamos que sea un partido muy emocionante!

El profesor de deportes del Marie Curie le sonrió.

—Nosotros también estamos muy emocionados. ¡La posibilidad de jugar con otro equipo femenino es algo muy especial! —Pestañeó bajo el cálido sol de mayo—. ¿Hace cuánto está entrenando a las chicas?

Entonces Mike Munk no aguantó más y se metió entre los dos para darle la mano al profesor de deportes.

—Me llamo Mike Munk, ¡y yo soy el entrenador!

—¡Y nosotras nos vamos al vestuario!

Nina König les hizo una seña a las chicas para que la siguieran, y Elisa le dio un codazo a Paula en las costillas.

—¡Yo soy el entrenador! —exclamó con voz profunda.

Semra no pudo contener la carcajada. Se había pasado todo el viaje mirando por la ventana, pero el modo como MM se había metido entre los dos había sido demasiado divertido. Las demás también se partieron de la risa.

—¡Ay, ay, ay! ¡Ya tengo punzadas en la barriga! —jadeó Mia.

Nina König alzó las cejas.

—Cuando se hayan calmado, pueden probarse lo que les traje —dijo, antes de meter ambas manos en la maleta y sacar un bulto de color rojo oscuro—. Encargué dos tallas, para que les queden bien a todas.

Las chicas se quedaron boquiabiertas. ¡La profesora König les había mandado a hacer unas camisetas! Y no solo eso: cada una llevaba un número por detrás, y por delante, en grandes letras blancas, decían "1. CF Solo para chicas".

"¡Son hermosas!", ¡Excelente idea!", "¡Usted es lo máximo, señorita König!", resonó por todo el vestuario.

Paula fue la primera en probarse la que llevaba el dorsal número 8. Ese había sido su número preferido siempre.

—¡Me queda perfecta!

Incluso Mia, que se había mostrado un tanto escéptica al principio, sonreía de oreja a oreja. La tela suave y ligeramente brillante no solo se sentía bien, sino que, además, acentuaba su figura, de por sí muy femenina.

En cambio, Semra se había quedado mirando a la profesora con ojos desconcertados. ¿Cómo iba a jugar con una camiseta así? No solo era demasiado apretada, sino que además era de manga corta y cuello en V… ¡Eso sería completamente imposible!

Como si le hubiera leído la mente, Nina König se acercó y le entregó una camiseta.

—Toma. Esta la encargué especialmente para ti —dijo con una mirada alentadora.

Semra le quitó la camiseta de la mano y la desdobló con cierta reticencia. No podía creerlo: era especialmente ancha, de manga larga y con un cuello alto y cerrado. Y por detrás llevaba un 1 enorme. Semra miró a la profesora con una sonrisa agradecida.

En ese momento, alguien tocó a la puerta.

—¿Están haciendo un desfile de modas allí adentro, o qué? —rugió la voz imperiosa de su entrenador, que claramente había vuelto a su ser—. Empezamos en un cuarto de hora. ¡Y todavía tienen que calentar!

Menos de dos minutos después, las chicas estaban ya en la cancha y trotaban de un lado a otro para calentar. Paula examinó a las jugadoras del otro equipo con curiosidad: la portera se había ubicado ya en el arco y las demás pateaban la pelota. Sobre todo, la jugadora con el número 5 parecía tener mucha garra. Se veía relajada al recibir la pelota con concentración y disparar rápidamente y sin rodeos. Paula tomó a Semra del brazo para indicarle que no debía perderla de vista, pero su amiga tenía los ojos en otra parte.

—Mira... —Fascinada, indicó con el mentón hacia la línea de banda—. ¿Ves a la de ahí adelante?

Paula siguió su mirada. Había una chica que llevaba algo parecido a la camiseta del uniforme del Marie Curie, pero no terminaba en un cuello redondo, como la de todas las demás, sino en una especie de capucha que le rodeaba la cabeza y ocultaba por completo el cuello y el pelo.

—¡Se ve como una camiseta de deportes, pero es muy diferente! —Asombrada, Semra se llevó las manos al pañuelo de la cabeza sin darse cuenta—. Y, por lo visto, uno puede moverse con absoluta libertad. ¡Nunca había visto nada parecido!

El silbato resonó en la cancha en ese momento.

—¡Empezamos! —El profesor de deportes del Marie Curie alzó ambos brazos—. Nuestro profesor de matemáticas será el árbitro. ¡Ese es totalmente incorruptible! —Se rio—. ¿Qué tal un pequeño aplauso?

Los dos equipos se habían ubicado en la línea de banda y aplaudieron. Paula sintió que ahora sí estaba nerviosa, y Mia se mordía el labio. Las jugadoras entraron en la cancha lentamente. Elisa, Mia y Paula en la delantera; Jule, Marta y Carlotta en la defensa, y Semra en la portería. Mike Munk había sacado la alineación de eficacia comprobada.

—Por si las moscas... —le susurró a Nina König. Él también estaba notoriamente nervioso.

Sacaban las visitantes, y Paula empujó la pelota ágilmente hacia adelante. Los seis años de experiencia en el club del barrio y como única mujer en un equipo de chicos altamente motivados le daban ventaja. Pero lo cierto era que, aparte del equipo del colegio, nunca había jugado con mujeres. Con el rabillo del ojo pudo ver que Mia salía disparada hacia la portería contraria, seguida de cerca por una de las Marie. Elisa, que también luchaba por desmarcarse, hizo un amago y recibió el pase de Paula, pero un rayo azul oscuro se atravesó repentinamente en su trayectoria, saltó y cabeceó la pelota hacia la línea central. ¡La número 5!

Entonces, Paula hundió los talones en el césped en plena carrera y dio media vuelta enseguida. Lo había previsto: ¡La número 5 era peligrosa! Sin mucho esfuerzo, la ágil delantera de las Marie le pasó con elegancia el balón a una de sus compañeras y dejó atrás a una desconcertada Carlotta. Poco después, estaba completamente libre y volvía a recibir el esférico.

Pero ahora Jule le pisaba los talones, y entonces Paula salió corriendo hacia el área, pues aunque consiguiera arrebatarle el balón —y Paula sabía que era lo suficientemente ágil como para lograrlo—, Jule perdía la seguridad en cuanto se apoderaba de la pelota. Ya en la práctica le había pasado varias veces que la perdía solamente porque no se atrevía a hacer un pase certero.

"Algún día lo logrará", pensó Paula, mientras avanzaba en dirección al área de penalti, "¡pero ahora lo mejor es estar allí!".

Sin embargo, llegó tarde. La número 5 había dejado atrás a Jule y solo quedaban Marta y Semra entre ella y el arco. Entonces, regateó con el pie derecho para adelantar a Marta por la izquierda, y Semra, que tardó en prever la maniobra, se lanzó hacia la esquina equivocada… ¡1 a 0 en favor de las Maries!

Paula soltó una maldición. Mia también puso mala cara.

—¿Te imaginas lo que dirán los chicos si perdemos? —le dijo a Paula, entre dientes.

—Honestamente, los chicos me importan un bledo en este momento —respondió Paula—. Lo importante es ganar. A lo mejor, podrías dejar de mirarte al espejo y tratar de desmarcarte. ¡Así podríamos lograr una jugada decente!

Mia soltó un resoplido de indignación y guardó silencio. Pero eso poco le importó a Paula. Quería un gol, ¡y ya mismo!

Los equipos se reunieron en la línea central. El 1 CF Solo para chicas sacaba de nuevo. Y esta vez fue Mia la que corrió con el balón hacia adelante. Se lo pasó a Elisa, pero esta estaba tan acosada por su rival que no pudo más que pasárselo a Paula con un pase aéreo.

—Bonita jugada combinatoria —le susurró Mike Munk a Nina König, frotándose las manos nerviosamente. No había rastro de su arrogancia habitual. Ahora vibraba de emoción por sus chicas… y no deseaba nada más que un empate.

Paula corrió hacia el esférico. Esta vez no se permitiría ninguna debilidad. El balón rebotó en el césped a un metro de distancia y Paula lo recibió con el pecho, regateó hacia delante entre dos rivales y salió disparada hacia la portería. Nadie pudo detenerla. Y con un trallazo imparable, clavó el esférico por el ángulo superior izquierdo. ¡1-1!

Pocos minutos después, resonó el silbato del árbitro.

¡Medio tiempo! Las chicas abandonaron la cancha con las caras llenas de sudor. Mike Munk les dio una palmadita en la espalda, una tras otra.

—Bien hecho. ¡Pero todavía puede pasar cualquier cosa!

Las chicas no respondieron. En silencio, buscaron sus botellas de agua.

Vaya, las otras chicas no juegan nada mal… y hacen muy buenas combinaciones. Todo es muy divertido y no tan brutal como con los hombres. Es muy agradable, en realidad. Yo estaba acostumbrada a algo muy distinto. Los chicos presionan todo el tiempo. Las chicas son un poco más calculadoras. Miran hacia derecha e izquierda y no pierden de vista todas las posibilidades. ¡Y no le entierran a uno el codo en las costillas cuando quieren robarse el balón!

Las mujeres no son tan bruscas, definitivamente. Ya lo había notado al ver en la tele el partido del Turbine Potsdam en la Liga de Campeones Femenina de la UEFA. Eso hace que sea más bonito, sobre todo cuando uno mismo está en la cancha. Algo totalmente nuevo. Claro que las chicas también empujan, pero no tan fuerte como lo hacían a veces mis ex compañeros del club. Ummm…, ¡nada mal! Y la que tiene el número 5 es una máquina. Ella sale despedida como lo hago yo a veces. Y ahora ya no podemos dejar que se nos escape, si no, ¡estamos perdidas! A lo mejor deberíamos marcarla de a dos… y así veremos de qué son capaces las otras.

Las chicas volvieron al campo y oyeron el silbato que anunciaba el comienzo del segundo tiempo. Esta vez sacaban las anfitrionas. La número 5 echó a correr, pero Jule y Marta no le daban respiro y, al cabo de unos segundos, tuvo que pasarle el balón a una compañera. Entonces, Luisa, a quien Mike Munk había cambiado por Carlotta durante el descanso, aprovechó la oportunidad y se interpuso en la trayectoria. Interceptó la pelota y se la pasó a Paula, que de pronto se vio peligrosamente marcada por dos rivales.

Un momento, se dijo en la mente, ¡ya verán!

En un abrir y cerrar de ojos, pasó el esférico por entre las piernas de la rival que tenía más cerca directo a Mia, que estaba esperándolo. Esta lo recibió sin dificultad, regateó tranquilamente rumbo al arco y disparó con todas sus fuerzas. La portera de las Maries no había brincado siquiera cuando la pelota ya estaba adentro. ¡2 a 1 en favor del 1. CF Solo para chicas! Todas corrieron a abrazarse.

—¡Puedo mirarme al espejo y meter goles! —Visiblemente orgullosa, Mia se acomodó la trenza y miro, desafiante, a Paula, a quien los mechones sudorosos se le pegaban a la frente—. ¡Al menos mi peinado se mantiene!

Paula tuvo que reírse. Nunca podía permanecer furiosa con su amiga, y estaba feliz con el gol de diferencia.

—Ya decía yo… ¡Dentro de poco jugarás con tacones para hacer aún más honor a las reinas del balón en la cancha!

No había tiempo para más cháchara, pues las chicas del Marie Curie presionaban en serio; la número 5 se lanzaba al ataque una y otra vez.

Todos los meses de acondicionamiento físico habían valido la pena: corriera adonde corriera, Jule y Marta marcaban a la número 5 sin piedad, pero esta última logró pasar el esférico sobre el pie de Jule hacia la izquierda, donde quedaba completamente libre.

Paula contuvo el aliento, aterrorizada. La delantera de las Maries salió disparada, tomó impulso y disparó con todas sus fuerzas hacia la esquina derecha... ¡directo a los brazos de Semra! Paula volvió a respirar, lentamente. ¡Qué bien! ¡Semra estaba en plena forma! Y no tardó en devolver la pelota al campo. ¡Todavía quedaba un minuto!

Marta le dio un codazo a Jule:

—¡Nuestras rivales ya se ven bastante cansadas!

—¡Pues claro! —respondió Jule, sonriendo—. ¡No están acostumbradas a semejantes carreras!

Esta vez, Paula logró zafarse de sus dos sombras sin dificultad y regateó nuevamente rumbo al arco. Luego, le pasó el balón a Mia, quien, a su vez, le hizo un pase precioso a Elisa. Sin titubear, esta aprovechó la oportunidad y clavó el balón en la red. ¡3-1!

El silbato resonó en ese momento.

¡Habían ganado! Las chicas se abrazaron emocionadas y gritaron:

—Luchar unidas, ese es nuestro objetivo.

¡Jugamos al fútbol tan bien como el deportivo!

Como un equipo vencemos con el corazón,

¡porque somos las reinas del balón!

¡1. CF Solo para chicas!

Mike Munk sonreía de oreja a oreja, pero volvió a bajar las comisuras al percibir la mirada triunfal de Nina König.

—Está bien, tenías razón —murmuró y se aclaró la garganta—. ¡No estuvo nada mal, en realidad!

Las Maries abandonaron la cancha notoriamente decepcionadas. Sin embargo, la número 5 demostró ser una buena perdedora.

—Estuvieron muy bien —reconoció, agotada pero sonriente, cuando los dos equipos se despidieron en el campo. Después le estrechó la mano a Paula—. ¡Pero esperaremos la revancha!

—¡Obvio! —Paula le sonrió ampliamente—. ¡La próxima vez seremos las anfitrionas y ustedes las invitadas!

Cansadas, pero felices, las amigas se encaminaron al vestuario. El pañuelo de Semra estaba bañado en sudor, completamente pegado a su pelo. En ese momento, la jugadora de la camiseta con capucha pasó por su lado. Entonces Semra se armó de valor.

—Oye, ¿puedo preguntarte una cosa?

La chica se detuvo y se dio la vuelta.

—Claro.

—¿Qué es lo que llevas puesto?

La chica de la capucha sonrió, señalándose la camiseta.

—¿Te refieres a esto? Es un *hijood*, una combinación entre velo, pañuelo y camiseta de deportes. ¡Es excelente! —Le echó un vistazo al pañuelo de Semra—. Antes usaba un pañuelo como el tuyo, pero todo el tiempo estaba preocupada porque se me cayera.

Semra asintió con la cabeza.

—¡Exacto! ¡Es un estrés total!

—¡Sí! —La chica miró a Semra con ojos centelleantes—. Cuando lo descubrí en Internet, lo pedí de inmediato. Lo hay en todos los colores. ¡Totalmente recomendado!

—Muchas gracias, lo buscaré. ¡Nos vemos! —Semra le dio la mano para despedirse y siguió a su equipo.

¡Uy, eso es excelente! Tal vez... tal vez esa sea la solución a todos mis problemas. Así Munk no podrá volver a enfadarse porque juego con el pañuelo. Al fin y al cabo, es una camiseta con capucha, ¡y las alemanas también usan capuchas! Claro que es probable que le siga pareciendo una bobada que me cubra el pelo. Pero no voy a discutirlo más con él. Y tal vez... tal vez ana *y* baba *me permitan jugar fútbol si llevo un* hijood *de esos. ¡Así, todo queda cubierto! Eso sería demasiado bueno: poder entrenar y jugar sin escabullirme. ¡Y enfrentarnos con otro equipo femenino fue realmente divertido! Un partido de verdad, no como los de la práctica o la vieja cancha. ¡Además, ganamos! Así pudimos ver todo lo que hemos aprendido en los últimos meses y lo buenas que somos como equipo. Y no quiero dejarlo, no. ¡Quiero seguir aprendiendo, ser cada día mejor, jugar contra otros equipos! Qué bien se siente ver todo lo que es capaz de hacer mi cuerpo. ¡Y no pienso rendirme, pase lo que pase!*

¡Que viva Mia!

—¡Uf, qué lujo! —Paula se dejó caer en la silla del escritorio de Mia y contempló con asombro el computador portátil plateado y brillante al que su amiga le había abierto un espacio en el escritorio, por lo general repleto de cosas—. ¡Tus papás hicieron una verdadera inversión!

—Bueno, ¡para los catorce! —Mia se encogió de hombros y oprimió el botón de encender. El computador se prendió con un leve zumbido—. Además fue una ganga…

—… por la que tu hermano estuvo investigando durante horas. ¡Solo lo mejor para la mejor! —Jakob entró en la habitación.

Era sábado, y aunque ya estaba bien entrada la tarde, apenas acababa de levantarse. Los mechones rubios caían sobre sus hombros anchos, que se perfilaban bajo la camiseta amplia; los *jeans* colgaban holgadamente de sus caderas. A diferencia de su acicalada hermana menor, Jakob solía andar bastante andrajoso. Sus ojos verdes rebosaban de vitalidad, al igual que los de su madre. Con un par de pasos se acercó a Mia, la alzó y la hizo revolotear por los aires.

—¡Felicitaciones! Nunca cambies, hermanita. —Hizo una pausa muy sugestiva y sonrió—. ¡Aunque podrías ser un poco menos peleona!

—¡Por supuesto! —respondió Mia con voz dulzona—. Solo tienes que hacer lo que yo diga... ¡Y ahora quiero que me bajes!

—Como mandes —dijo Jakob y la dejó caer en la cama. Mia aterrizó con un grito entre los miles de cojines distribuidos sobre la colcha rosada. Le encantaba acurrucarse en la cama y oír *reggae*, pop o hip-hop a todo volumen... muy a pesar de su hermano, a quien le gustaba más la música tecno y electro-soul.

—¡Bruto! —se quejó, llevándose las manos a la cabeza—. ¡Me dañaste el peinado!

En efecto, un par de mechones se habían salido de las numerosas trenzas que la mamá le había hecho esa mañana. ¡Más de cincuenta, por lo menos! Había tardado una hora entera. Pero Mia quería algo especial para su cumpleaños, aun cuando su papá se hubiera limitado a menear la cabeza.

"Ay, no te metas", había dicho la madre. "¡Los hombres no tienen ni idea!". Luego, se había dedicado a hacerle las trencitas, tarareando alegremente para sí. Mia había cerrado los ojos y había disfrutado el momento compartido en silencio.

—¿Cómo? —Jakob se hizo el sorprendido—. ¡Yo creía que siempre estabas perfecta!

Gracias a esto, tuvo que agacharse para esquivar el cojín que había salido volando... y que aterrizó en la cara de Jule, quien acababa de aparecer en el marco de la puerta.

—Uy, ¿estamos en una fiesta infantil? ¡Feliz cumpleaños, querida amiga! —exclamó, poco antes de responder el ataque—. ¡No es justo disparar a los inocentes! —Con estas palabras, se agachó y devolvió el cojín, que le dio en la nuca a Jakob.

—Solo las mujeres pueden ser tan solapadas —gritó, haciéndose el ofendido. Se dio la vuelta y lanzó el cojín hacia la puerta, pero Jule ya se había escapado.

—¡Aquí hay municiones! —gritó Mia, mientras le pasaba otro cojín a su amiga—. ¡Todas contra él!

Pero Paula fue más veloz, atrapó el cojín y se lo arrojó a Mia enseguida. La guerra de cojines se había declarado oficialmente.

—¡Ay, ya no puedo más! —Mia se dejó caer en la cama, resollando—. Al fin y al cabo, ya no soy tan joven.

—Claro, el declive empieza a los catorce —se burló Paula—. Yo también he empezado a sentirlo en los huesos: ¡dentro de tres meses es mi turno!

—Puedo leerles las cartas, si quieren…

Jule, que apenas había cumplido trece en Navidad, se acomodó en el puf, pero Paula y Mia negaron con un gesto. La pasión de su amiga por el tarot no les hacía mucha gracia, en realidad. Claro que desde el accidente de Mike Munk estaban menos prevenidas, pues las cartas de Jule habían predicho que pasaría algo que representaría una oportunidad para el equipo. Y así había sido: las chicas habían tomado las riendas de su entrenamiento y se habían enfrentado valientemente al Deportivo KingKong en la final del torneo del colegio.

—Yo no me negaría a semejante ofrecimiento —dijo Jakob, con un guiño.

—Pues adelante. —En la voz de Mia había un tono ligeramente grosero—. ¡Seguro que Jule lo hará con todo el gusto del mundo!

Jule se puso colorada enseguida. La insinuación de Mia había hecho que el corazón le latiera con fuerza. No obstante, no dijo nada y pasó sus dedos nerviosamente por su corto pelo rubio.

—Mejor dejémoslo para otro día. —Jakob no se dejó intimidar. Conocía los ataques femeninos de su hermana y prefería ignorarlos. Luego, se sacó algo del bolsillo—. Aquí te tengo otra sorpresa. —Hizo girar un paquete plano sobre la cabeza de Mia, a una altura que ella no podía alcanzar—. ¿Tienes curiosidad, hermanita?

—¡Dámelo! —gritó Mia. Atrapó el regalo y le arrancó el papel verde brillante a toda prisa—. ¡El juego de la FIFA! —Jakob sonrió—. Puro interés personal. Ahora que tienes tu propio computador, no tienes que ocuparme el mío durante horas y…

No pudo terminar la frase porque su hermana se le había echado al cuello.

—¡Genial, muchas gracias! ¡Chicas, este juego es buenísimo! Uno puede jugar con cualquier equipo del mundo y dirigir a cada jugador para que haga lo que uno quiere y…

—¿También está el 1. CF Solo para chicas? —la interrumpió Jule.

—¡Qué va! —Mia negó con un gesto—. ¡Es puro fútbol profesional! Además, tiene un narrador que va comentando el partido en *off*, como una transmisión de fútbol de verdad.

—¡Miren! —Emocionada, se inclinó sobre el portátil y metió el disco por la ranura. Después, oprimió un par de teclas—. ¡Solo tengo que instalarlo!

—Y eso puede esperar —anunció una voz a sus espaldas. Semra había entrado en la habitación sin que se dieran cuenta y le dio un fuerte abrazo a Mia—. ¡Feliz cumpleaños! Abajo ya está todo listo para partir la tarta… ¡de fresas con crema! —Se lamió los labios con deleite—. ¡Y eso no puede esperar! —Agarró a Mia del brazo y bajaron juntas por la escalera.

—Yo te lo instalo —dijo Jakob.

—¡Gracias! —gritó Mia desde el pie de la escalera.

—¡Vamos, Jule! Las otras ya están abajo, y si no nos damos prisa, ¡no nos dejan nada! —Paula le dio la mano a Jule para ayudarla a levantarse del puf. Siguieron a sus amigas, ruidosamente, hacia el comedor de la fonda familiar. Allí, la mamá de Mia puso la mesa de cumpleaños: sobre el mantel blanco había platos de todos los colores. Y entre ellos, quince velas: una por cada año y la vela de la vida; las llamas se reflejaban en las estrellitas que estaban esparcidas por toda la mesa. Junto a la vela de la vida, en el centro, se alzaba la exuberante tarta de fresas con crema. Y, como si fuera poco, la mamá de Mia había puesto un tazón adicional lleno de fresas inmensas… ¡Las primeras del año!

—Bueno, chicas, empecemos —dijo, mientras repartía unos buenos trozos de tarta—. Uno con los hombres…

—… ¡siempre puede contar! —El papá de Mia salió de la cocina sonriendo y con dos grandes jarras en las manos. La pequeña fonda familiar de los padres de Mia era uno de los puntos de encuentro preferidos en el barrio, sobre todo en las proyecciones públicas de los partidos de fútbol.

—¿Quién quiere café? ¿Chocolate? —preguntó.

"Café, por favor", "¿Hay leche caliente?", "¡Para mí chocolate!", "¿Podría tomar un refresco?", gritaron todas al tiempo.

—¡Con calma! —El papá de Mia sirvió las bebidas deseadas en las tazas sostenidas en alto—. Y para ti café, ¿cierto, querida? —dijo, dirigiéndose a su esposa, que venía de la barra con un refresco en la mano.

—¡Por supuesto! Con mucha azúcar, querido mío, gracias. ¡Buen provecho!

Mientras devoraban el pastel de fresas con crema, se impuso un silencio glotón, interrumpido únicamente por un sonoro: "Ummm... ¡qué delicia!".

Hasta que se abrió la puerta del comedor.

—¡Espero que me hayan dejado algo! —Jakob entró en la habitación, y al ver los platos casi vacíos de las cuatro amigas, sacudió la cabeza—. ¡Uf, ya no se puede confiar en la manía dietética de las mujeres hoy en día! ¡Aquí se come en serio!

—Llegas justo a tiempo, muchacho. —Su madre se había levantado ya. No podía estarse quieta ni un segundo. Incluso, cuando estaba sentada, se ponía a sacarles brillo a los vasos o a doblar servilletas. Pero el trabajo la mantenía de buen ánimo, al parecer, pues vivía tarareando o riéndose, y ni el caos más grande podía perturbarla—. Además, hay otro pastel en el refrigerador. Siéntate, ¡ya traigo los refuerzos!

Jakob miró alrededor. Había un puesto en el rincón.

—¿Puedes moverte un poquito? —le preguntó a Jule.

Ella se puso colorada, pero se movió enseguida. Jakob se sentó a su lado y recorrió la mesa con la mirada.

—¿Hay un plato para mí?

—¡Toma! —Paula le pasó uno con un buen trozo de pastel.

Uy, Jule está embobada. Claro que Jakob es una joyita. Hasta yo podría… Qué va, si es como un hermano para mí. Con lo que me gustaría tener uno. ¡Y la lata que les di a mis papás con ese cuento! Pero ellos no querían tener más hijos. Mamá no habría podido seguir trabajando tanto, y quizás los dos ya no se llevaban bien en ese entonces. Quién sabe. Yo no me di cuenta en todo caso. ¡Menos mal! A mí no me tocó como a Jule, con la gritadera y el silencio glacial. Eso me parece muy egoísta de sus papás, que no se detienen a pensar en lo que pueda sentir su hija. Aunque lo de la separación de mis papás no fue mi culpa, y de todos modos estoy atrapada en la mitad. No quiero tener que cambiar de cama, de cuarto, de casa todas las semanas, ni todo lo que eso implica: en una puedo ver televisión cuando quiera, en la otra no; en una tengo que sacar la basura, en la otra me toca limpiar el baño. A papá le interesa que me divierta en el colegio, y en cambio mamá no quedó contenta con el bueno en matemáticas. Eso es lo que más me estresa, la presión y la criticadera de mamá. Todo se vuelve una tormenta, y me desespera. Papá es más fresco. Él se la pasa yendo a su iglesia, pero eso no me molesta, y no se enfurece tan fácil. Me dice claramente lo que le parece bien y lo que no, lo demás es cosa mía. Como los papás de Mia. Ella tiene que ayudarles bastante en la fonda, claro, pero el mundo no se acaba si saca un aceptable. Ellos son geniales. Y ahora estamos aquí todos juntos, comiendo y charlando alegremente. Eso es una familia. Me encantaría tener algo así, ¡pero mi mundo ya no es ningún paraíso! Aunque vivir solo con papá sería mucho más relajado. Tengo que volver a pensarlo. No es una decisión fácil. Mamá se pondría muy triste, con seguridad. Y yo la quiero tanto…

—Y no puede faltar Lady Gaga, ¿cierto, Paula? —Mia le sacudió el brazo por encima de la mesa—. Oye, Paula, ¿dónde estás?

—¿Eh? —Paula se quedó mirándola fijamente.

—¿Hola? Es para la fiesta de esta noche. Que qué música queremos oír, pregunta Jakob. —Mia le lanzó una mirada sugestiva a su amiga—. Como bien sabemos, mi hermano tiene un gusto musical bastante extraño. Por eso no podemos dejarlo encargado, si queremos bailar. Pues con sus *beats*… ¡imposible!

Jakob soltó un resoplido.

—Pero claro, si lo que les gusta es Beyoncé, Miley Cirus, Culcha Candela… ¡Son unas ignorantes! ¿Quiénes van a venir al fin?

Mia volvió a poner el tazón de las fresas en la mesa agitadamente.

—Pues nosotras, las reinas del balón, obvio. Y… —En ese momento, echó la crema sobre las fresas con tanta fuerza, que le saltó a la camiseta—. ¡Maldición! —exclamó e intentó arreglar el desastre con la servilleta de flores, ¡aunque fue en vano!

—Ya la has hecho otra vez —dijo Jule, lacónica—. ¿No quieres un baberito?

En respuesta, le cayó una servilleta en la cara, por lo cual Jakob alzó las manos en gesto defensivo.

—¡Nada de peleas de niñas, por favor! Sigo esperando la lista de invitados.

—Tal vez vengan algunos de los KingKong. —Mia dejó de frotarse la camiseta y mordió una fresa bien roja—. ¡Pero no estaban seguros! —masculló con la boca llena.

—Pues a ellos seguro les gustan más mis *beats*. —Jakob le hizo un guiño a su hermana.

—¿Y qué tal Boys Noize? —intervino Jule, antes de zamparse el resto de su segundo trozo de tarta.

Jakob la miró sorprendido.

—¿Los conoces?

—Claro —respondió Jule, emocionada—. ¡Son perfectos para desahogar todas las frustraciones!

—Ay, no, ¿ahora resulta que tienes el mismo gusto de Jakob? —se quejó Mia—. Paula, ¡di algo por favor!

Paula sacudió la cabeza y miró su reloj de reojo.

—Yo opino que deberíamos encender ya el radio. Si no, nos perderemos la conferencia de los partidos de primera división. ¡Ya faltan diez para las cinco!

Las cuatro amigas eran unas apasionadas del fútbol de primera división y no se perdían ninguna transmisión radial. Incluso, Jule dominaba ya la tabla de posiciones.

—¿Cómo? —Mia le lanzó a Paula una mirada irritada—. ¿A ver? Todavía tenemos tiempo, y la música es muy importante. ¿O es que esta noche no quieres...?

Se calló se repente al ver que Paula señalaba a Semra con un gesto: estaba sentada en el rincón, revolviendo desganadamente en su pedazo de tarta. No se había comido ni la mitad y no había abierto la boca durante la última media hora. ¿Para qué? No iba a estar en la fiesta, como era habitual cuando hacían algo de noche. Sus papás nunca le daban permiso de ir a las sesiones de películas ni de quedarse a dormir con todas... y mucho menos de ir a una fiesta. Solo la dejaban quedarse a dormir donde Paula cuando esta estaba donde su mamá, y esa noche tenía que ayudar en la cocina, pues todavía faltaba preparar varias cosas para la gran reunión familiar del día siguiente.

Semra alzó la mirada. Todos los ojos estaban clavados en ella, y eso era incómodo. Se retorció en la banca nerviosamente.

—¿Y entonces? —insistió Paula para disimular la situación embarazosa—. ¿Ponemos la radio?

—Claro —exclamaron Mia y Jule, que ya lo habían comprendido.

—Con ustedes no se puede ni comer tarta en paz —se quejó Jakob, pero se levantó y encendió el equipo de sonido.

Semra sonrió tímidamente. Sabía a qué se debía el súbito cambio de tema, y lo agradecía. La mamá de Mia, que estaba sacándoles brillo a los vasos en silencio, se inclinó sobre Semra. Ella sabía por qué se había ensimismado de esa manera.

—¿Quieres que llame a tus papás y vuelva a preguntarles?

Semra negó con la cabeza.

—No serviría de nada… —Se interrumpió con voz ahogada.

La mamá de Mia la rodeó con un brazo y la apretó hacia sí.

—Si puedo ayudarte de alguna forma, avísame —le susurró a través del brillante pañuelo azul verdoso.

Temblando, Semra se recostó en el cuerpo suave y cálido durante unos minutos. Después respiró profundo y se separó lentamente del abrazo.

—Gracias —murmuró a un volumen casi inaudible.

En ese momento, oyeron la voz de Martina Knief en los parlantes de la fonda familiar.

"Absoluta monotonía en el partido del Eintracht Frankfurt contra el SC Freiburg. Acaban de sacarle una amarilla a Martin Fenin, pero el marcador continúa 0 a 0".

"¡Gol en Bremen, gol en Bremen!", exclamó de repente la voz de Henry Vogt. "En el minuto 76. ¡Un zurdazo de Torsten Frings en la escuadra inferior derecha! Completamente imparable para el portero del Bayern. ¡2 a 2 en Bremen!".

Entonces, Semra se olvidó de sus frustraciones y se frotó las manos con emoción. Aunque Mesut Özil, su ídolo, ya no jugaba en el Werder Bremen, este seguía siendo su equipo preferido. Y ahora luchaba contra el eterno campeón. ¡Era el todo por el todo! En cambio, Mia hizo una mueca. Desde hacía años era una ferviente fan del Bayern.

"Aburrido el clásico del Schalke", intervino la voz chillona de Sabine Töpperwien. "Se mantiene el 2 a 0, ganando el Dortmund. Y no pareciera que los albicelestes fueran a…".

"¡Goool! ¡Otro gol en Bremen! En el minuto 73. En un tiro libre directo del Bayern, Arjen Robben clava el esférico por la izquierda de Tim Wiese. ¡3 a 2 a favor de los de Múnich!".

La voz de Henry Vogt se acalló, y Mia alzó los brazos.

—¡Sabía que no se dejarían! —celebró.

Jakob le sonrió con gesto indulgente.

—Pues sí… ¡El que tiene mucho dinero puede darse el lujo de tener los mejores jugadores!

—¡Qué va! —rechazó Mia—. El dinero no lo es todo. También hay que…

"¡Gol del Schalke!", gritó en ese instante la voz de Sabine Töpperwien en la radio.

—… también hay que ganar —completó Mia.

En el minuto 90, el FC Schalke 04 metió otro gol.

—¿Lo ven? —les dijo Mia a sus amigas—. Y esos se quedaron sin dinero hace tiempo. Creo que deberíamos seguir su ejemplo.

Mia sonrió triunfalmente. Su equipo había ganado 3 a 2 en Bremen, sellando así su liderazgo en el campeonato. ¡Un regalazo de cumpleaños!

La reunión familiar

—¡Me parece increíble lo bien que lo haces! —La tía Elif meneó la cabeza, sorprendida.

En la pequeña cocina reinaba un aire caliente y sofocante. Aun así, las cuatro mujeres se habían agolpado alrededor de la mesa del centro para ver a Semra amasando la pasta para el *mantı*: las bolitas de carne molida envueltas en una masa, que no podía faltar en ninguna reunión familiar. La preparación de este plato apreciado por todos era ardua y laboriosa, por lo que se requería la ayuda de todas las mujeres. Semra amasaba una y otra vez la masa amarilla hasta convertirla en una lámina muy delgada.

Había estado triste todo el día porque no había podido quedarse a la fiesta de Mia. Se había imaginado a las chicas brincando alegremente en la pista, mientras que ella tenía que interpretar el papel de niña buena en casa con toda la familia.

Pero ahora sonreía contenta; este trabajo le divertía. Normalmente, las mujeres mayores eran las encargadas de la masa del *mantı* porque eran las que tenían más experiencia, pues si la masa no quedaba lo suficientemente fina y las bolitas resultaban demasiado gordas, no sabían a nada. Pero la habilidad de Semra las superaba a todas.

—Hatun, tu hija es la mejor amasadora del mundo —le dijo la tía Nursen a su hermana, que ya había empezado a encargase de la carne molida sobre el aparador. Pero la madre de Semra se limitó a encogerse de hombros y echar perejil y cebolla, finamente picados, en un tazón grande. Luego, se volvió hacia su hija.

—Lo importante es que te aferres a lo que te hemos enseñado —dijo con voz tajante.

La tía Elif respiró profundo; no se había esperado un tono tan cortante de parte de su cuñada. Alguien tiró de su manga en ese momento.

—Oye, Elif, no te duermas. ¡Tenemos que cortar la masa en cuadros! —exclamó la tía Nursen, diligentemente, inclinada sobre la mesa de la cocina. Pero la tía Elif entornó los ojos en su interior. La hermana de Hatun, Nursen, no se enteraba de nada de lo que ocurría más allá del rebaño.

—Me estoy preparando mentalmente para el rellenado —dijo escuetamente, frunciendo el ceño y lanzándole una mirada escrutadora a su sobrina.

Semra estaba más delgada y tenía unas sombras oscuras bajo los ojos. Allí, en la casa, no llevaba el pañuelo en la cabeza y se había recogido el pelo en una apretada cola de caballo. "Tengo que hablar con ella", pensó. "Hay algo extraño".

Pero ese no era el momento para hablar. Seguía la parte más dispendiosa de la elaboración del *mantı*, para la que se necesitaban todas las manos: rellenar los trozos de masa con la carne y cerrarlos lo más rápido posible. Sobre el aparador había tres grandes tazones que debían estar llenos al final.

La tía Elif se frotó las manos.

—¡Manos a la obra!

Concentradas, las mujeres se dedicaron a rellenar y cerrar las bolitas de masa. Cem y Davut estaban con su padre y los demás hombres de la familia viendo el partido del Galatasaray contra el Atlético de Madrid. El portero turco Aykut Erçetin acababa de atajar el balón.

—¿Volverán a Turquía este año? —preguntó Banu, una prima de Hatun.

La mamá de Semra se encogió de hombros.

—Creo que sí. Pero tenemos que ver si podemos cerrar la panadería durante tanto tiempo.

Semra escuchaba con atención. Si se quedaban en casa, a lo mejor podría ir a jugar fútbol tranquilamente con sus amigas.

—Yussuf y Melda van a casarse, ¿ya lo sabían? —intervino la tía Nursen—. Sus padres se han puesto de acuerdo. Solo por eso deberíamos volver a nuestro pueblo, ¿no crees?

Semra suspiró en su interior. Su prima Melda acababa de cumplir dieciséis y siempre había soñado con estudiar… en Ankara o en Estambul, o tal vez en Alemania. Si se casaba, bien podía olvidarse de todo. Semra no querría estar en sus zapatos. Siguió trabajando concentradamente.

"¡Gooool!", gritaron en la habitación contigua. El Galatasaray había logrado marcar un tanto, finalmente. "Menos mal", dijo Semra entre dientes e intentó echar un vistazo hacia la pantalla a través de la puerta de la cocina. "¡Ahora tienen que seguir con toda!".

—Parece que te interesa el fútbol. —La tía Nursen alzó las cejas en un gesto de desaprobación—. ¿No eras tú la que estaba en la portería hace poco en el torneo del colegio? —Miró a Semra inquisitivamente—. Tuve que pasar por allí por casualidad después de hacer el mercado. Y estoy segura de que eras tú. Tenías el pañuelo azul brillante que te traje de Estambul el año pasado. —Se volvió hacia su hermana—. ¿Acaso permites que tu hija juegue ese deporte masculino?

Semra sintió cómo la cara le ardía súbitamente. La conversación general se interrumpió de golpe. Todos los ojos se enfocaron en Hatun.

Semra también miró disimuladamente a su madre. Ella alzó la vista un instante y fulminó a su hija con una mirada gélida. Después, siguió trabajando, fingiendo que no había pasado nada.

Semra se tambaleó. Las piernas amenazaban con doblársele y tuvo que agarrarse del borde de la mesa.

—¿Y por qué no? —dijo Banu, rompiendo el silencio, mientras iba armando una bolita tras otra—. A mí me parece maravilloso el fútbol. Un deporte de equipo, donde se aprende a ser solidario muchísimo más de lo que se aprende en el colegio. —Alzó la cabeza y miró a la mamá de Semra directo a los ojos—. Yo solo tengo a mis tres hijos varones. Pero si tuviera una hija, también la dejaría jugar fútbol. ¡No veo que tenga nada de malo!

La tía Nursen meneó la cabeza, vacilante.

—No es un deporte para niñas. ¡Mi marido no lo permitiría jamás!

Buscó la mirada de su hermana en busca de aprobación, pero esta se había dado la vuelta y había puesto a hervir agua en una olla enorme para los *mantı*. La tía Elif guardó silencio. Sospechaba que cualquier palabra solo empeoraría la situación. Semra estaba pálida. Habría preferido desaparecer cual bolita de carne dentro de un cuadrado de masa.

Ahora sí se acabó todo. Ana no me perdonará esto nunca. No solo que haya jugado fútbol a escondidas, sino el haberse enterado de esta manera… ¡Delante de todas! ¡Qué humillación! Expuesta a causa de su propia hija. No solo es ayıp, *como se dice de algo que le parece indebido. Es* haram… *¡Una vergüenza para toda la familia! Ay, cuántas veces no habré hablado de esto con la tía Elif, de cómo debería contarles a* ana *y a* baba *que me encanta jugar fútbol, de una manera que no los llevara a prohibírmelo enseguida. Hay que esperar el momento indicado, me decía ella siempre. Hablarles del* hijood, *de la amistad entre las chicas y de lo bonito que es luchar todas juntas. Pero ya es tarde. ¿Qué estará pensando* ana *en este momento? ¿Querrá casarme lo más pronto posible? ¿O mandarme a un colegio en Turquía? ¡Cualquier cosa menos eso! Pero tampoco puedo soportar cuando está enfadada conmigo. Y lo está. No me va a regañar, lo sé. Tampoco después, cuando estemos solas. Me mirará en silencio, como ahora, con esa mirada de decepción. Y solo porque no soy como ella se imagina. ¡Y eso que me muero por ser una buena hija! Pero* ana *y* baba *no pueden decidirlo todo. Yo quiero vivir mi propia vida, y eso incluye el fútbol. ¿Por qué no pueden entenderlo? ¿Acaso no quieren que sea feliz?*

La voz de Miley Cyrus retumbaba por todo el sótano de la fonda familiar, adornado con serpentinas y guirnaldas coloridas. Jule, Paula, Mia y las demás reinas del balón se movían enérgicamente al ritmo de la música, mientras los KingKongs se mantenían pegados a sus asientos, atragantándose de maní y papas fritas.

Mia no podía dejar de mirar a Tim, que masticaba con aire de aburrimiento. Para esa noche, la cumpleañera había escogido un top ceñido color verde oliva que acentuaba de manera especial su escote. Eso, con una falda corta que hacía juego y unas sandalias altas. La rodeaba un ligero aroma cítrico, un perfume que había encontrado hacía un par de días en el mercado semanal. Ahora bailaba con pasos dinámicos con su hermano, que escogía una canción tras otra en el computador.

—Creo que ahora puedes poner algo más suave —le susurró a Jakob en el oído—. Leona Lewis, por ejemplo. O Milow. ¿Qué opinas?

Tim se puso de pie en ese momento.

—Oigan, chicos, ¿qué tal si jugamos un partido de futbolín? ¡Hay que ponerle un poco de acción a esto! —Les echó un vistazo a las chicas danzantes—. ¡Las "sopachics" no nos necesitan!

Julius, que se había levantado de un brinco, puso cara de desconcertado.

—¿Sopachics?

Tim sonrió maliciosamente.

—El 1. CF Solo para chicas… So-pa-chics. ¡Está clarísimo que no nos necesitan!

Las últimas palabras las dijo en voz bastante alta y mirando a Mia, que vio con mala cara cómo los chicos se iban retirando uno tras otro hacia la parte trasera del salón. Allí estaba la vieja mesa de futbolín que su papá había desechado el año pasado: estaba vieja, llena de rasguños en la madera y con los jugadores ligeramente abollados, pero funcionaba. Al cabo de menos de un minuto, los chicos se aferraban a las barras con entusiasmo. Tim y Ben a un lado, Andi y Julius al otro.

—¡Ahora sí se puso bueno esto! —gritó Tim al tirar la pelota.

Los demás chicos se habían agolpado alrededor de ambos equipos y los animaban enérgicamente.

—No puede ser cierto —resopló Mia y dio un golpe con un pie, furiosa—. ¡Pero ya verán!

En ese momento, sintió una mano en el hombro… ¡Jakob!

—Hermanita querida, si me permites darte un consejo, en mi calidad de hermano mayor —dijo en voz baja—, no vayas a cometer un error. Si estabas pensando en mostrarles lo buena que eres en el futbolín, ¡olvídalo!

Mia lo miró indignada.

—¿Perdón? ¡Esta es mi fiesta!

Jakob asintió.

—Así es. Pero te gusta Tim, ¿no?

—Ajá. —Mia refunfuñó para sí con aire sombrío, pero su hermano siguió hablando tranquilamente.

—Creo que tú también le pareces genial. Al menos ha estado mirándote, ¡aunque no te hayas dado cuenta!

El rostro de Mia se iluminó.

—¿En serio? Pues entonces debería acercarme y…

No había terminado de hablar, cuando ya había vuelto a ponerse en marcha.

—¡Epa! ¡Con calma! —El hermano la frenó del brazo—. Todo es un juego, ¿no te has dado cuenta? Tim te desafió con su actuación. ¡Y ahora todo depende de cómo reacciones!

Mia puso cara de que no entendía ni papa.

—Ay, Jakob —suspiró—. ¿No podrías ser un poquito menos misterioso?

—Está bien. He aquí el manual básico del coqueteo: primero, debes quedarte por lo menos dos canciones más en la pista, divirtiéndote, bailando y cantando como lo haces siempre… —Jakob regresó al computador. La canción de Rihanna se había acabado. Si Mia quería seguir oyéndolo, no tenía más alternativa que seguirlo.

—¿Y después? —preguntó, impaciente.

—Después… solo después… te paseas lentamente junto al futbolín. Tal vez podrías llevar a Paula y a Jule contigo. —A Jakob le brillaban los ojos; claramente le divertía darle consejos a su hermana menor—. Estás interesada, pero no demasiado. Pero entonces el juego de Tim te convence. Y de repente empiezas a hacerle barra, emocionada. ¡Ya verás que funciona!

Mia enarcó las cejas, escéptica.

—¡Entonces seré igual a las tontas de su salón, que viven adorándolo!

—Puede ser. —Jakob no se dejó intimidar—. ¡Pero él nunca te ha visto actuar así! —Le dio un golpecito alentador en el hombro—. Créeme: los chicos también se sienten inseguros cuando les gusta alguien. La crítica es lo último que necesitan. —No pudo evitar una sonrisa al ver la cara de desconcierto de su hermana. Lentamente, le subió el volumen a la música—. Y ahora, a bailar. ¡Es la hora de Pink!

Tres canciones después, Mia se encaminó hacia el futbolín, como quien no quiere la cosa. Marta y Elisa se habían unido ya a los chicos, y Jule y Paula siguieron a Mia. Tim y Ben iban ganando. Y justo cuando Mia se acercó a la mesa, Tim volvió a clavar la pelota en la portería contraria. Orgulloso, alzó la mirada… directo al rostro de Mia. Los dos se miraron fijamente un instante, y Mia sintió mariposas en el estómago. Pero el partido siguió inmediatamente.

—¡Están perdidos! —gritó Tim, triunfante, mirando a Julius y a Andi con displicencia—. ¡Ben y yo somos invencibles!

Después, volvió a concentrarse en la pelota, que insistía en escaparse de sus delanteros. Luego, apretó los dientes y, con un ágil movimiento de muñeca, volvió a clavar la pelota en la portería contraria.

Paula, que estaba al lado de Mia, bostezó con ganas, pero se apresuró a taparse la boca con la mano. Al fin y al cabo, era el cumpleaños de su amiga y no quería que esta se diera cuenta de que estaba aburrida. Además, le hacía falta Semra; con ella habría podido criticar de lo lindo en ese momento.

—Como que no está tan bueno el partido, ¿o sí? —comentó.

—¿Te parece? —Mia, que seguía esforzándose por mantener bajo control a su desbocado corazón, jugueteó con sus pendientes largos haciéndose la indiferente.

En ese momento, oyeron un tintineo. Marta había golpeado con el pie una botella de refresco semivacía que alguien había dejado en el suelo. El líquido se regó hasta los pies de Tim. Pero él no se dio cuenta de nada. Absolutamente concentrado en acomodar la barra de sus delanteros, dio un paso a la izquierda, justo donde estaba el charco marrón, y antes de que pudiera enterarse de lo que pasaba, se resbaló. Entonces agitó los brazos para sostenerse, ¡pero demasiado tarde! Con un sonoro ¡plaf!, aterrizó bruscamente sobre el trasero en el charco, que salpicó por todas partes. Marta y Elisa soltaron un grito y se apartaron de un brinco.

Paula se apresuró a sacar el celular. ¡Por fin había pasado algo! Tomó una foto rápidamente, antes de que Tim volviera a incorporarse. Tenía que mandársela a Semra de inmediato. ¡Su amiga se partiría de la risa!

—¡¿Qué te pasa?! —la regañó Mia. Después la empujó a un lado y le ofreció la mano a Tim—. ¿Estás bien?

Pero él ya se había levantado y se sacudía los *jeans*.

—Oye, no pretendía ser el payaso de tu cumpleaños —le dijo a Mia, sonriendo—. Pero ahora podríamos…

—¡Despedirnos! —La mamá de Mia asomó la cabeza por el marco de la puerta—. Ya es medianoche, ¡fin de la fiesta!

Mia hizo una mueca.

—¿Ya?

Su madre se rio.

—¡Ya! —Echó un vistazo a la sorpresa marrón debajo del futbolín—. Claro que antes podrían limpiar el suelo. ¡Y después: todos a sus casas!

Se acabó

—¿Dónde rayos estará Semra? —Paula miró su reloj, nerviosa.

—¿No contesta el celular? —Mia se echó hacia atrás su largo pelo rubio para recogérselo en una coleta en la nuca, tarareando para sí, ensimismada. El corazón volvía a acelerársele cada vez que pensaba en la mirada de Tim junto al futbolín. Y en las palabras de su hermano… "Tú también le pareces genial". Pero, ahora, tenía que concentrarse: un mechón de pelo insistía en salirse del caucho, y los mechones rebeldes eran como una espina en el ojo de Mike Munk.

"Aunque se sientan como unas reinas del balón, esto no es ninguna pasarela", decía, con voz malhumorada.

Paula sacudió la cabeza.

—No. Nada. Ya son las dos y media pasadas. Y ella sabe que a MM no le hace ninguna gracia que lleguemos tarde…

—… pero en cambio siempre nos hace terminar con cinco minutos de anticipación para poder fumarse un cigarrillo antes de la práctica de sus KingKong. Pero, claro, ¡su majestad gorilesca sí puede permitírselo! —Carlotta tiró con tanta fuerza del cordón, que se le rompió—. ¡Demonios! —Furiosa, arrojó el pedazo roto hacia la papelera, pero aterrizó en el morral abierto de Nadia.

—Oye, ¿qué te pasa? —Nadia sacó el cordón roto de su maleta—. ¡No soy un basurero!

Carlotta se lo recibió.

—Perdón, pero me siento mal. Tengo cólico, me llegó. En realidad preferiría…

Emina le agitó un par de cordones nuevos frente a las narices.

—Toma, un regalito. Y apresúrate. El movimiento te hará sentir mejor, lo sé. ¡Y seguro que los cólicos le importan un rábano a MM!

Elisa, que había escuchado toda la conversación en silencio y ya estaba lista, se plantó con las piernas abiertas y los brazos en la cintura; después, se alisó el pelo con gesto de indiferencia y bramó con voz profunda:

— "Ahí están pintadas las mujeres. ¡Los hombres nunca nos damos cuenta de cuándo estamos regludos".

Las chicas soltaron la carcajada. Elisa ya había imitado varias veces a MM y remedaba su forma de hablar a la perfección. También era buenísima para imitar sus poses corporales. Carlotta no podía meter los cordones en los ojales de tanto reírse.

—Ay, no más, ¡ya no más! —dijo, resollando en busca de aire—. ¡Si no, no voy a terminar nunca!

Pero Paula no pestañeó siquiera. Volvió a llamar a Semra por enésima vez, y el buzón de mensajes volvió a contestarle por enésima vez.

—Vamos, chicas, ya es hora —dijo Marta, con una mano en la manija de la puerta—. Y pónganse serias. Los hombres no tienen nada de qué reírse. ¡Mucho menos cuando juegan con mujeres!

En ese momento estalló otra risotada, que solo Jule pudo acallar dando un golpecito amenazador en su reloj de pulso.

Paula metió el morral en el casillero, meditabunda, y siguió a las demás.

¿Dónde diablos estará Semra? La última vez fue lo del roce con Munk por el pañuelo de la cabeza. ¿Acaso pensará renunciar por esa bobada? Claro que, pensándolo bien, hoy estaba algo rara en clase. Casi no abrió la boca. ¿Será que todavía está mal por lo de la fiesta? Y eso que no se perdió de gran cosa. Los KingKong se dedicaron a jugar al futbolín casi todo el tiempo y a darse golpes en el pecho por lo maravillosos que son. Esa actitud de orangutanes me saca de quicio. Y la eterna perorata futbolera de Tim no me impresiona en absoluto.

¿Qué será lo que le ve Mia? Reconozco que los rizos le lucen, pero de resto… no hace más que fanfarronear, hasta que a uno le zumban los oídos. Todo un príncipe de la pedantería. En cambio cuando se cayó junto al futbolín… ¡eso fue para partirse de la risa! Obviamente, Mia tenía que correr a ayudar a su héroe, cómo no. Pero yo lo capté para la posteridad en mi celular, y le mandé la foto a Semra enseguida, pero no dijo nada. Y eso es raro, a ella le encanta criticar a Tim. Ayer tampoco dijo nada. Algo está pasando. ¿Será que se le perdió el celular? No, no puede ser. Me lo habría dicho hoy en clase. ¿Y si no podía venir a la práctica? Pero no dijo ni mu.

Se pasó todo el día con la mirada perdida y escondida en el baño durante el recreo, dizque porque le dolía el estómago. Pero no creo que tuviera los ojos hinchados por un virus... ¡y yo tendría que haberme dado cuenta enseguida! Algo raro está pasando, y soy tan idiota que no le pregunté nada. Tengo que pasar por la panadería después del entrenamiento; a lo mejor logro hablar con ella...

—¿Conque finalmente se decidieron a entrar las señoritas? —las recibió Mike Munk. Se alisó el pelo, puso las manos en las caderas y echó una mirada despectiva a su alrededor.

Jule se rio para sus adentros. Carlotta también tuvo que ahogar una risita. Era exactamente la misma pose que acababan de ver en el vestuario.

—Se nota que tienen demasiada energía —dijo el entrenador, antes de sacar el silbato del bolsillo de la sudadera—. Así que: ¡en marcha! Una vuelta trotando suavemente, otra corriendo a toda velocidad. ¡Al menos tres veces! Y solo al oír el silbato pueden volver a trotar. ¡Ya!

Diez minutos después, las chicas volvieron a rodear al profesor. Respiraban con cierta agitación, pero ninguna jadeaba ni resollaba como en los primeros días. Las virtudes del entrenamiento adicional en el parque y la vieja cancha habían vuelto a quedar confirmadas.

—Nada mal, señoritas. Han mejorado la condición física. —MM sonrió sarcásticamente—. Así podré ir aumentando el nivel, ¡sin que se desmayen! —agregó mirando a Mia—. ¡Si no, bien podemos olvidarnos del torneo de junio!

Mia apretó los puños. ¿Por qué tenía que restregárselo? Ya había pasado bastante tiempo desde su desmayo en la práctica. Y no hacía falta que se lo recordara para que se sintiera presionada. Había aprendido mucho en los últimos meses, pero… ¿era lo suficiente como para lucirse en el torneo? Su meta era ser no solo buena, sino excelente. Y solo para demostrarle a Tim que las mujeres también podían jugar bien al fútbol.

—Bueno, hoy vamos a practicar el tiro de esquina. —Mike Munk levantó una pelota con el pie izquierdo para luego atraparla con las manos—. Se ubicarán cuatro en el área, dos defensas y dos atacantes. —Escudriñó entre las filas y señaló a Carlotta y a Emina—. Ustedes se encargarán de la defensa. —Después, volvió a mirarlas y se detuvo en Jule y Marta—. Y ustedes dos, del ataque. —Luego, señaló la banca al borde de la cancha—. Las demás, observen y después describan lo que han visto. Quizás así podamos aprender mejor de los errores. Y a las mujeres les encanta comentarlo todo, ¿no? —MM se rio de su propio chiste. Después, volvió a ponerse serio y señaló a Elisa—: Tú te encargas del tiro de esquina. Como no eres ningún Mario Basler, que puede marcar directamente, serán tus compañeras las encargadas de meter el esférico en la portería…

Paula se estremeció al oír esa palabra. ¡El profesor no se había dado cuenta de que faltaba Semra!

—… y Semra, por supuesto, se encargará de no dejarlo pasar. —MM hizo una pausa—. ¿Semra? —Sus ojos se achicaron al no verla por ninguna parte—. ¿Alguien sabe dónde está?

87

—En la casa. No se sentía bien esta mañana —se apresuró a decir Paula; luego le lanzó una mirada suplicante a Jule, que la secundó enseguida.

—Tenía tos y congestión nasal. —Jule se encogió de hombros—. Y parece que empeoró; de otra forma, estaría aquí.

Paula le lanzó una mirada agradecida. Su amiga no se había sonrojado ni una pizca, y eso que le costaba mucho decir mentiras.

—Un resfriado, ya veo. —Las garras de Mike Munk apretaron el balón sin misericordia—. De todos modos: ¡no pueden faltar sin excusa! Así no puedo entrenarlas. Y tampoco es justo con el equipo. ¡Ya habíamos hablado de esto! —Su voz había adquirido un tono cortante, pero luego agregó con un tono más conciliatorio—: De ahora en adelante, cuando falte alguna, espero que me lo informen antes de empezar la práctica. ¡Recuérdenlo! —Acto seguido, le pasó la pelota a Elisa, que se ubicó en la esquina, frotándose las manos—. Pero bueno, el entrenamiento continuará sin Semra. Marta, a la portería. Nadia asumirá tu lugar en el ataque. ¡Empezamos!

Las chicas se pusieron en movimiento. Marta se ubicó en la portería, y Elisa, que también había aprendido mucho en los últimos meses, tomó impulso y pateó el balón con una leve curva hacia el área. Nadia lo paró y se lo pasó a Jule, que no logró controlarlo, como solía suceder, y Carlotta no tuvo dificultades para quitárselo y escapar.

Mike Munk pitó.

—¡Análisis de errores!

En la banca, Maya fue la primera en pedir la palabra.

—Buen tiro de esquina, diría yo.

—Pero Jule estuvo demasiado indecisa —intervino Luisa—. ¡Tendría que haber reaccionado con más firmeza!

—Pero es que Carlotta la presionó demasiado —la defendió Mia.

—Cierto —reconoció Mike Munk—. Pero ese es el trabajo de la defensa: no dejar jugar al atacante. Con medios justos, claro está. —Después se dirigió a las demás—. ¿Qué más tuvo que haber hecho Jule?

Paula había dejado de prestar atención. No podía sacarse a Semra de la cabeza, y se pasó todo el entrenamiento como en un trance. Tan pronto Mike Munk dio el silbido final, salió del gimnasio a toda prisa. Tenía que llamar a Semra: algo no andaba bien.

Al abrir el casillero, oyó el zumbido del celular. Esperaba que fuera un mensaje de su amiga. Sacó el morral rápidamente y revolvió en su interior, maldiciendo, pues el celular estaba otra vez en el fondo. Desesperada, sacó todo y lo tiró al suelo. Las medias, la camiseta, el pantalón, el cepillo y la toalla formaron una montaña a sus pies, hasta que finalmente lo encontró entre la ropa interior. Un mensaje nuevo.

"No puedo volver a jugar fútbol. Se acabó. S".

Paula se quedó atónita frente a la pantalla del celular.

—¿Y entonces? —oyó preguntar a Jule a sus espaldas—.

Paula le mostró el mensaje, enmudecida. Jule abrió los ojos de par en par. Después de leerlo, Mia se dejó caer en la banca con un sonoro "¡Maldición!".

—¿Maldición por qué? —preguntó Marta, que fue la última en entrar al vestuario.

Paula tragó saliva.

—Pues porque Semra no puede volver a jugar —dijo con voz lo suficientemente alta para que pudieran oírla todas.

Fue como si hubiera oprimido un interruptor. Las risas alegres que antes inundaban el recinto se acallaron abruptamente. Durante un momento reinó un silencio absoluto.

—¡Maldición! Aunque sus papás tenían que descubrirlo tarde o temprano. ¿Pero qué hacemos ahora? —Elisa dio un golpe en la puerta de su casillero—. ¡Sin ella, estamos perdidas!

—¿Necesitan ayuda o están haciendo escándalo por diversión? —preguntaron desde afuera. El Deportivo KingKong entrenaba justo después del 1. CF Solo para chicas, de modo que los chicos debían haber pasado junto al vestuario.

—¡Cierren el pico! —gritó Mia hacia afuera.

Entonces se oyó un cuchicheo, seguido por pasos apresurados y el golpe de la puerta del gimnasio. Las chicas se quedaron como petrificadas en las bancas del vestuario.

SOS

Paula apoyó la bicicleta en una de las sillas plegables que había a la entrada de la panadería y miró por la ventana. Ni rastro de Semra, solo la madre detrás del mostrador. De repente sintió un estruendo a sus espaldas y se dio la vuelta rápidamente. La silla no había soportado el peso de la bici y esta se había resbalado.

"Excelente", se quejó Paula, que ya tenía una mano en la manija de la puerta. "Justo cuando tengo prisa…".

Entonces se devolvió y sacó el morral del canasto. Después, alzó la bicicleta y la apoyó contra un árbol. Dejó el morral al lado; si no, la bicicleta volvería a caerse. Paula sabía que el padre de Semra no podía soportar el desorden. Era cierto que a la panadería no le vendría mal una manito de pintura, y las estanterías amarillas no eran muy modernas que digamos, pero el orden era muy importante para los Dalaman. Todo estaba siempre tan pulcro, que incluso se podría comer en el suelo. Paula volvió a tomar aliento. Había empezado a sentirse mareada de repente.

"Ding dong", se oyó al empujar la puerta con decisión, un poco fuerte, pues la madera chocó contra el tope. La mamá de Semra alzó la vista de la vitrina, donde estaba acomodando unos panes nuevos.

—Buenas tardes, señora Dalaman.

Ella asintió con la cabeza.

—Semra está atrás, pero está ocupada —dijo en tono seco.

Paula titubeó. Tenía la sensación de no ser bienvenida. La mamá de Semra solía ser muy amable con ella y le ofrecía un trozo de baklava de inmediato, pues sabía que a ella le fascinaba esa especialidad turca.

—¿Puedo…? —empezó tímidamente.

La señora Dalaman se quedó mirándola. Sus ojos se pasearon del pantalón de sudadera a la camiseta sudada debajo de la chaqueta. Después, hizo una mueca.

—Vienes del grupo de estudio, ¿no?

—¿Grupo de estudio? —Paula sacudió la cabeza, desconcertada—. No, yo…

—¿Paula?

Semra apareció de pronto en la puerta trasera de la panadería e interrumpió a su amiga en plena frase. Las ojeras oscuras en la cara pálida le daban una apariencia de lechuza; el austero pañuelo marrón que le ocultaba el pelo y la bata amplia que le cubría el cuerpo le daban la apariencia de una mujer mayor. Se veía terrible, mucho peor que esa mañana en el colegio.

—¿Qué quieres, Paula? —Semra la miró fijamente con sus ojos castaños, ahora opacos y sin brillo.

—Pues… yo… —Paula tartamudeó en busca de las palabras adecuadas. No debía decir nada equivocado. Con el rabillo del ojo podía ver la mirada acechante de la señora Dalaman. Lo del grupo de estudio había sido un error—.

Solo quería saber cómo seguías. Te veías muy débil esta mañana.

—Ya pasó —afirmó Semra—. Estoy bien. ¡No era nada!

Sus ojos se posaron brevemente sobre algo a espaldas de Paula, después le lanzó una mirada suplicante a su amiga.

Ay, Paula, vete por favor. ¿No te das cuenta de que estás empeorándolo todo? Aparecerte aquí, toda sudorosa después de la práctica, es como una provocación para mi mamá. Ahora está clarísimo. Todas las mentiras sobre el grupo de estudio, las películas sin subtítulos, etcétera, ¡solo para poder jugar fútbol a escondidas! No solo abusé de su confianza, ¡también herí su honor! Eso fue lo que me dieron a entender ayer baba y ana.

¿Honor? ¡Yo no tengo ni idea de lo que es eso! Si se trata simplemente de un deporte… ¿Qué tiene que ver eso con el honor? Cuando las mujeres tienen novio antes del matrimonio, entonces pierden su honor; eso he oído siempre. ¿Pero qué pasa cuando los hombres tienen novia, como mi primo Mehmet? ¡A ellos no les pasa nada! Tampoco tienen que cubrirse y pueden andar por ahí con la camisa abierta de par en par. ¿Por qué? No tiene ningún sentido. ¡Pero qué más da! Ana y baba se sienten deshonrados. ¡Su propia hija se expuso ante los ojos de todo el mundo! Para ellos, eso es una deshonra, y tengo la sensación de que ahora me desprecian. No me dicen nada y me atraviesan con la mirada. Mi libertad se ha acabado: no volverán a dejarme salir de la casa. Ahora me controlan todo el tiempo. Debo ir al colegio con mis hermanos por la

mañana y volver apenas se terminen las clases, para ayudar y estudiar. Eso fue lo que dijeron. Pero no a mí, sino a Cem y a Davut. Todo esto es muy incómodo para ellos y, en realidad, a ellos les gusta que juegue fútbol. Pero no dicen nada, por supuesto, porque no quieren meterse en problemas. Baba va a hablar con la tía Elif, eso le oí decir ayer cuando los espié. ¿Será que ella me apoya, por lo menos? Pero eso no cambiaría nada. Tengo que resignarme y ya. ¡Qué injusticia!

Paula no lograba entenderlo. ¿Qué era lo que su amiga trataba decirle con la mirada?

—¿No tienes un tiempito?

Semra bajó la cabeza.

—No, estoy ocupada. —Hizo un leve movimiento para señalar hacia la puerta—. Hasta mañana.

Paula se quedó anonadada: ¡Semra la había echado! Pero, de todos modos, había podido ver que estaba fatal, y no dejaría que se deshiciera de ella tan fácilmente.

—¿No podrías ayudarme con la tarea de matemáticas? Yo… miró a la madre de Semra con ojos suplicantes—. No nos demoramos, ¡pero es que no logro entender lo de los números decimales!

La señora Dalaman achicó los ojos.

—Paula, será mejor que te vayas. Semra te dijo que estaba ocupada. Y lo del grupo de estudio… —su voz adquirió de pronto un tono cortante—, pueden ir ahorrándoselo. Semra no puede continuar. —Tras una breve pausa, añadió con voz tajante—: ¡Se acabó!

Paula se quedó mirando a la mamá de Semra con los ojos como platos. Lo sabía todo, de eso no cabía duda. Todo el armazón de mentiras que Semra había levantado durante meses para cumplir con las expectativas de sus padres se había desplomado. Confundida, Paula se volvió hacia su amiga, que estaba en el marco de la puerta, con los hombros caídos y la espalda encorvada. Nada más y nada menos que Semra, que siempre estaba tan erguida y derecha.

—Pero… —insistió una vez más.

Semra alzó la cabeza con aire cansado. Después se dio la vuelta sin decir nada y desapareció en la despensa. Paula oyó el "ding dong" de la puerta a sus espaldas. Había entrado un cliente y la señora Dalaman lo recibió amablemente, como si no hubiera pasado nada.

Paula salió de la panadería completamente aturdida, se echó el morral al hombro y empujó la bicicleta por la calle. Su visita no había ayudado para nada; peor aún, había empeorado todo. Semra no volvería a jugar fútbol nunca más. Y además… Las lágrimas empezaron a rodarle por las mejillas, y un suave sollozo le recorrió todo el cuerpo. De pronto, sintió que una mano se posaba en su hombro.

—¿Qué te pasa? —le preguntó alguien, que le quitó la bicicleta de la mano y el morral del hombro. Ella no opuso ninguna resistencia—. Oye, en serio, ¿qué te pasa? —volvió a preguntarle ese alguien.

Solo entonces Paula reconoció a Jakob, y sollozó todavía más. Él la abrazó con fuerza, hasta que el temblor de su cuerpo empezó a ceder lentamente. Con voz entrecortada,

Paula le contó de su desafortunada visita a la panadería, y él la escuchó atentamente.

—Uf, terrible. —Jakob se frotó la frente con la mano—. ¡Pobre Semra! ¿Qué podemos hacer para ayudarla?

Paula empezaba a respirar más tranquilamente. La cercanía de Jakob, y poder contarle lo que había pasado, la hacía sentirse mejor.

—Tenemos que pensarlo con calma. Voy a llamar a Mia y a Jule. Sesión de urgencia donde mi papá. En media hora, es decir, a las cinco. ¿Quieres venir?

—¡Por supuesto! —exclamó Jakob, mientras sacaba su teléfono del bolsillo—. Voy a mandarle un mensaje a mi hermana. ¡Trata de hablar con Jule!

Paula le sonrió, agradecida. Jakob era un amigo de verdad.

Después de haberles avisado a las otras dos, caminaron en silencio. Paula empujaba la bicicleta, Jakob se había echado su morral al hombro. Iban absortos en sus pensamientos. Solo Paula anunciaba de vez en cuando "Por aquí a la izquierda" o "En la esquina, a la derecha".

El apartamento de tres habitaciones del papá de Paula quedaba en una callecita sin salida. Vivía en el tercer piso de un edificio familiar, con una puerta metálica de entrada, ladrillos de vidrio en las escaleras y un precioso jardín de árboles frutales alrededor. Su papá podía utilizarlo cuando quisiera, y a Paula le encantaba echarse a leer bajo los árboles. Su habitación era la más pequeña de todas, pero eso no la molestaba. Y era más austera que el cuarto que tenía donde su mamá: contra la pared, junto a la puerta, estaba el sofá-cama de flores azules que le había regalado su abuelo para su cumpleaños. El escritorio bajo la ventana era una tabla de madera sobre cuatro patas, lo suficientemente grande como para que Paula pudiera extender encima todas sus cosas. Entre el escritorio y el sofá, su papá había acomodado un radiador con una tabla a manera de mesita de noche. Y al otro lado, en la biblioteca blanca que se extendía de pared a pared, estaban todos sus libros, discos, carpetas y demás chucherías; incluso Fred, su osito de felpa de la infancia, tenía allí su sitio habitual. El armario con su ropa estaba en el pasillo. Así le quedaba espacio para el viejo equipo de sonido de su padre, en una vitrina antigua y preciosa que Paula adoraba sobre todas las cosas.

—¡Qué belleza de mueble! —Jakob se arrodilló al frente, emocionado—. ¡Pura vanguardia!

Paula se rio, por primera vez desde que salió de la panadería.

—Querrás decir retaguardia… ¡Es de los setenta!

El timbre sonó en ese momento. Paula corrió al vestíbulo y contestó el citófono.

—¿Sí?

—¡Soy Jule!

Paula oprimió el botón para abrir la puerta del edificio y dejó la puerta del apartamento entreabierta.

—Vamos a la cocina, Jakob. Allí podemos sentarnos todos a la mesa. Mi papá debe llegar después. ¿Qué quieres tomar? —Abrió la puerta del refrigerador.

—¿Tienes jugo de manzana?

—¿Hay té? —Jule acababa de cerrar la puerta del apartamento y se estaba quitando los zapatos.

Paula puso a hervir el agua, mientras Jakob y Jule ponían vasos, tazas y azúcar en la mesa.

—Típico de Mia… —Jakob echó un vistazo al reloj de la pared. Eran las cinco y diez.

En ese momento, oyeron unas llaves en la puerta.

—¿Eres tú, papá? —preguntó Paula, sorprendida, y salió al pasillo. Allí estaba su padre, con dos grandes bolsas de mercado. Mia venía subiendo la escalera detrás de él, con una caja en las manos.

—¡Pastel de mi mamá! —exclamó—. Manda a decir que necesitamos alimento para los nervios si queremos ayudar a Semra.

El papá de Paula las miró una por una.

—¿Le pasó algo a Semra?

—Podría decirse. Ven a la cocina, estamos en sesión de crisis. —Paula le había quitado una bolsa del mercado y la llevó hasta la cocina—. ¿O te molestamos?

Él negó con la cabeza. Cuando ya todos se habían sentado a la mesa y se habían servido té o jugo y un trozo de pastel, Paula les contó de su visita donde Semra. Describió cada mirada, cada gesto y cada movimiento para transmitirles un cuadro preciso con todo detalle. A veces, tenía que incluir una que otra explicación para que su papá pudiera entender el escondite al que Semra había recurrido durante los últimos meses para poder jugar fútbol. Y cómo todas habían participado.

—Pero ahora se acabó todo —concluyó Paula—. No pude averiguar cómo, pero pude ver que Semra está fatal. ¡Aunque haya dicho que todo estaba perfecto!

—Pues claro, su sueño del fútbol se ha ido al traste. —Mia dio un puñetazo en la mesa—. ¿En qué país vivimos que los padres pueden prohibir que sus hijas jueguen fútbol?

Jakob le puso una mano tranquilizadora en el hombro.

—En Alemania los padres también siguen teniendo la última palabra en lo relativo a la educación de sus hijos.

—¡Genial! —Mia estaba furiosa—. Y eso quiere decir que la hija debe llevar un pañuelo en la cabeza y no puede jugar fútbol, aunque le guste. ¡Bienvenidos al siglo XXI!

Jule había escuchado atenta y silenciosamente todo el tiempo, paseando los dedos sobre la madera de la mesa. Se ponía mal cuando había problemas en una familia. Era algo que conocía demasiado bien. Aunque en ese momento todo marchara a las mil maravillas en su casa, podía imaginarse lo mal que debía estar sintiéndose su amiga. De pronto, alzó la cabeza.

—¿Y si no puede volver a salir de la casa? ¿Si la encierran después de clases porque ya no le creen nada? ¿Los padres pueden hacer eso también?

Nadie supo qué responderle.

—¿Qué vamos a hacer? —preguntó Paula, apartando su plato, afligida. No había tocado el pastel.

El papá la miró con ojos comprensivos.

—Por ahora no pueden hacer nada. Hay que esperar, pues esto son solo especulaciones.

Paula hundió la cabeza entre los brazos y sollozó. Nadie dijo nada. Lo único que se oía era el suave tictac del reloj de cocina. Jule respiró profundo y se enderezó.

—Yo sé que ustedes piensan que estoy loca. —Buscó su maleta y revolvió en el interior—. Pero el tarot ha estado en lo cierto en otras ocasiones. ¡Y ahora quiero saber qué dice de Semra!

Con estas palabras, sacó una baraja de una caja negra y empezó a mezclar las cartas. Mia se disponía a hacer un comentario despectivo, pero Jakob le dio un codazo y alzó el mentón para señalar a Paula. Esta se había incorporado y miraba a Jule con los ojos brillantes y abiertos de par en par.

Al cabo de unos minutos, había doce cartas extendidas sobre la mesa en una especie de cruz. El papá de Paula y Jakob se recostaron en sus asientos. El té se les había enfriado hacía un buen rato, pero ninguno de los dos quería perturbar los ánimos expectantes.

—Asombroso —murmuró Jule—. Veo a Semra, a sus papás, y también que hay algo malo entre ellos. —Se rascó el mentón con el nudillo del pulgar—. Pero aquí, junto a la rueda de la fortuna, está el bufón. Y, al final, está el sol.

El rostro de Paula era un solo signo de interrogación. Jule la miró, sonriendo.

—¡El sol! ¡Un nuevo comienzo feliz! ¡Hay una solución!

"¿Eso qué quiere decir?", "¿Qué va a pasar?", "¿Qué podemos hacer?", las amigas la acribillaron a preguntas.

Jule alzó las manos en un gesto defensivo.

—No puedo decirlo con exactitud.

—Aaaay…—se quejó Mia, decepcionada. Había sospechado que las cartas no servirían de nada.

—Pero… —Jule no había terminado—, sin importar por dónde se mire: un hombre joven dirá las palabras definitivas. ¡Y entonces Semra volverá a estar con nosotras!

—¿Un hombre joven? —Mia seguía escéptica—. ¿Quién?

—Pues eso tampoco lo sé —dijo Jule y recogió las cartas.

La idea salvadora

Mia pateó la pelota con fuerza. Elisa dio un brinco, pero Emina fue más rápida y, con un cabezazo, se la pasó a Jule, que trastabilló, pero se la pasó a Carlotta en el último segundo. Sin embargo, Luisa estaba al acecho y se apoderó ágilmente del esférico, para luego lanzarse al contraataque. Entonces, le echó una mirada a Paula, que luchaba por desmarcarse de Maya, de modo que siguió regateando hacia delante y se lo pasó a Elisa, pero esta no estaba prestando atención en ese instante, por lo que no logró controlar el balón y se lo pasó a Mia con el borde exterior, aunque demasiado rápido, pues, tan pronto esta arrancó a correr, el balón rebotó sobre el lateral. ¡Fuera! ¡Qué desperdicio! Semejante jugada para nada.

—Honestamente, esto ya no tiene sentido. —Paula atravesó la cancha, desanimada.

Luisa, Nele y Elisa volvieron a emprender el ataque, pero no lograban controlar el balón, que salía dando tumbos constantemente, como si tuviera vida propia. Ninguna de las chicas estaba con los cinco sentidos en el partido, aun cuando hacía un clima perfecto para irradiar el mejor ánimo. Los árboles y arbustos resplandecían con un verde fresco, y el sol de mayo brillaba en medio de un cielo despejado.

Maya fue la primera en rendirse y se dejó caer sobre el césped junto a la cancha. Nadia la imitó.

—¡Es una verdadera injusticia! —resopló Marta, y cayó de rodillas frente al arco—. ¿Cómo es posible que Semra no pueda seguir jugando?

Todas tenían cara de aflicción. Solo Mia miraba de vez en cuando a su alrededor, ensimismada; después, volvía a fruncir el ceño.

Las integrantes del 1. CF Solo para chicas habían vuelto a reunirse en la vieja cancha del parque para el entrenamiento adicional de los jueves, pero no podían disfrutarlo de verdad. Faltaba Semra, así de sencillo.

—Tal vez podríamos hablar con sus papás —propuso Maya. Luego, arrancó una fibra de hierba y la cortó en pedacitos, lentamente—. Si les explicamos que somos solo chicas, ¡no pueden tener nada en contra!

Paula sacudió la cabeza.

—¡Imposible!

No podía dejar de pensar en su amiga. Le hacía falta no solo en la cancha, sino en general. Y no quería ni imaginarse lo que sus padres estarían planeando hacer con ella ahora. Hacía unos pocos días, Semra le había dicho que tal vez la mandarían a un colegio en Turquía. Y se había reído al contárselo, pero solo con la boca. Sus ojos habían permanecido serios. Demasiado serios.

—¿Y ahora qué? —Luisa se incorporó—. ¿Es el final del 1. CF Solo para chicas? Aunque Marta haga su mejor esfuerzo en el arco, ¡estamos perdidas sin Semra!

Todas miraron a Paula, quien se quedó un rato con la mirada perdida, para luego sacudir la cabeza... primero muy despacio, luego con decisión.

—No, no. Eso no es lo que Semra querría. Lo del equipo femenino fue idea suya, sí, pero todas queremos jugar. ¡Y tenemos que seguir luchando! —Súbitamente, se puso de pie con determinación—. ¡Vamos a disparar un par de balones al arco! Puede que así se nos ocurran otras cosas.

—¡OK! —Mia se levantó de un brinco—. ¡Yo primero!

Marta se encaminó hacia la portería. En los últimos días, había asumido la posición de Semra, aunque tenía claro que no le llegaba ni a los tobillos. Pero las chicas la animaban todo el tiempo.

Mia se dispuso a acomodar el balón. Y al hacerlo, sacó la lengua por entre los labios pintados de rosado; así de concentrada estaba. Después tomó impulso... y clavó el esférico, despiadadamente, en la escuadra izquierda.

Marta se encogió de hombros en un gesto de disculpa.

—Tengo tanto que aprender...

—¡No te menosprecies! —Elisa le lanzó una mirada alentadora—. ¡Tú puedes!

Con estas palabras, tomó impulso y disparó. La pelota volvió a clavarse en la red, pero esta vez Marta había alcanzado a rozarla con los dedos, por lo menos.

Ahora, era el turno de Paula.

—Debes fijarte hacia dónde mira el que va a patear. —Tomó impulso—. La mayoría mira hacia donde piensa patear —gritó—. ¡Así podrás adivinar hacia dónde lanzarte!

Marta ya había reaccionado. Se lanzó hacia la izquierda…
¡y atrapó el balón entre sus brazos!

—Ni que hubiera sido demasiado fuerte —se criticó a sí misma, pero sonriendo.

Paula le restó importancia con un gesto.

—Da igual. ¡Lo importante es que le atinaste!

—¡Buenas, buenas! —Oyeron, repentinamente, desde el otro lado de la cancha—. ¿Cómo va el entrenamiento al aire libre?

¡La señorita König! La joven profesora se acercó a la portería con pasos enérgicos. Todas la saludaron.

—¡Veo que están en plena faena! —Paseó la mirada a su alrededor—. ¿Dónde está Semra?

Los rostros, hasta entonces sonrientes, se ensombrecieron nuevamnete. Nina König las miró con ojos escrutadores.

—Oigan, ¿qué les pasa?

Jule rompió el silencio.

—Semra no puede seguir jugando.

Y en pocas palabras, le contaron lo que había pasado. Nina König escuchó el relato con expresión sombría.

—Qué mal —dijo al final—. ¡Con razón la he visto tan afligida últimamente!

—¿Cómo así que "qué mal"? —Mia clavó el balón en el arco vacío con todas sus fuerzas—. ¡Es una porquería! Y solo porque sus papás tienen una idea absurda de lo que deben o no deben hacer las mujeres.

La señorita König se apartó un mechón de la cara.

—Chicas, se trata de algo que nos cuesta entender porque nos es ajeno. Estamos acostumbrados a tomar las decisiones sobre nosotros mismos, pero aquí las cosas tampoco han sido siempre tan fáciles como ustedes creen. —Suspiró—. Acuérdense de mi historia con el fútbol. ¡Eso fue hace tan solo veinte años! Y todavía no estamos todos en igualdad de condiciones. ¿O alguna vez han oído una conferencia radial de los partidos de la primera división femenina? —Luego agregó, cautelosamente—: Los musulmanes ortodoxos piensan muy distinto a nosotros. Para ellos, determinadas normas son más importantes que el deseo individual, sobre todo en lo relacionado con las mujeres y las niñas. Eso no es mejor o peor, y para nosotros es algo desconocido, sencillamente. Pero tenemos que aceptarlo…

—¿Quiere decir que está de acuerdo con que Semra no pueda seguir jugando? —la interrumpió Mia, perpleja.

—¡No, claro que no! —Con una mirada afligida, la señorita König observó los rostros desconcertados de sus alumnas—. Pero el problema no se puede solucionar tan fácilmente. —Echó un vistazo a su reloj con expresión meditabunda—. A lo mejor se me ocurre algo, pero ahora debo irme. ¡Ánimo, muchachas!

La profesora se despidió; luego, Elisa alzó su morral.

—Yo también me voy. Tengo que estudiar.

—¡Voy contigo! —dijo Carlotta.

Una tras otra, las chicas se fueron poniendo en movimiento. Jule, Mia y Paula abandonaron juntas la cancha.

—Óyeme —Jule miró a Mia con curiosidad—, ¿por qué últimamente tienes esa sonrisa soñadora todo el tiempo? No tiene nada que ver con Semra, ¿o sí?

Mia se sintió descubierta. Desde el día de su cumpleaños, andaba entre nubes. Y aunque extrañaba a Semra igual que las otras, las mariposas no paraban de aletear en su estómago. Sin embargo, creía que nadie se había dado cuenta.

—¡Claro que no! —Le dio un codazo a Jule con cara de indignación, pero sus facciones volvieron a suavizarse enseguida—. Lo que pasa es que…

—¿Qué? —insistió Jule—. ¿Pasó algo de lo que no nos hemos enterado? ¿Con Tim, tal vez?

Mia se puso roja.

—Bueno, pues… es que… —tartamudeó—, Jakob me dijo que… y entonces Tim…

—¿Qué? ¡Desembucha! —Hasta la imperturbable Jule empezaba a perder la paciencia.

La cara de Mia se sonrojó aún más; podía verse incluso detrás de su maquillaje perfecto. Entonces, se soltó y les contó cómo Tim la había mirado en el futbolín y que Jakob creía que ella también le gustaba. Que no les había dicho nada por lo de Semra, pero que no podía dejar de pensar en Tim desde entonces… mucho más que antes.

Jule se rio, y después le devolvió el codazo.

—Se te abona el que hayas pensado sobre todo en Semra. Y de todos modos: ¡mucha suerte!

Mia se rio también, luego bajó la mirada. Finalmente les había contado, pero no se sentía más tranquila. Las mariposas seguían revoloteando sin parar.

Paula había escuchado la conversación apenas marginalmente. En su cabeza solo había espacio para Semra.

—No te preocupes, Mia —dijo mientras se montaba en la bicicleta—. Así es la vida: unos son felices, otros no. —Sabía que había sido muy dura, pero no podía más en ese momento—. ¡Hasta mañana!

Con un leve asentimiento de cabeza, empezó a pedalear.

Al cabo de un rato, Paula llegó adonde su papá, que la saludó desde el jardín, sentado en una banca debajo de un árbol.

—¡Ven, siéntate a mi lado! —le gritó.

Paula soltó la bicicleta en una esquina del jardín y avanzó lentamente sobre la hierba.

—¡Uy, qué carita tienes! —Su papá la miró con ojos comprensivos—. ¿Es por Semra? —Paula asintió—. Presta atención… —dijo dando un golpecito a su lado en la banca—, ¡se me ocurrió una idea! —Paula lo miró con ojos interrogantes—. Pero, primero, necesito saber una cosa.

—¿Qué cosa? —Paula se sentó, subió las piernas y las abrazó con ambos brazos. Por encima de las rodillas, lanzó una mirada furtiva a la gran jarra de jugo de naranja que se alzaba sobre la mcsa. El papá lo notó y le ofreció un vaso lleno hasta el tope.

—¿Sabes si Semra va adonde un maestro del Islam?

Paula se zampó el jugo de un solo trago, después asintió.

—Sí, una vez por semana, creo. ¿Por qué lo preguntas?

El papá se recostó y se acomodó las gafas, como hacía siempre que se disponía a hablar largamente.

—Tú sabes que yo voy con mucha frecuencia a mi iglesia.

Paula entornó los ojos interiormente.

—¿Y qué tiene que ver con Semra? Ella no es cristiana.

—Lo sé. —El papá no se dejaba inquietar—. Hace unas semanas, jugamos un partido de fútbol contra la congregación musulmana. Puros hombres, claro. —Respiró profundo—. Y después estuvimos un buen rato tomando té y charlando. Sobre la Biblia y el Corán, por qué los musulmanes no comen carne de cerdo y por qué algunas mujeres llevan un pañuelo en la cabeza y otras no...

Paula se relajó un poco. Su papá podía ser demasiado detallado, pero ahora ya le había picado la curiosidad.

—Sí, ¿y entonces? —preguntó, impaciente.

—Pues entonces, se puso de presente que los musulmanes practicantes dan mucha importancia a lo que dice el maestro. Y así como muy pocos cristianos han leído toda la Biblia, todos los musulmanes conocen el Corán casi de memoria. El maestro les ayuda a orientarse en el mundo y en la fe, así como hace el pastor en sus sermones.

—¿Y qué tiene que ver todo esto con Semra? ¿Acaso vamos a tratar de que el maestro le permita jugar fútbol? ¡Él no lo haría! —repuso Paula, confundida.

El papá de Paula no pudo contener una sonrisa. Conocía a su hija y sabía que la paciencia no era lo suyo.

—La cosa no es tan fácil. Pero ustedes podrían apelar a su honor... ¡y, de paso, convencer a los padres de Semra!

Paula no entendía absolutamente nada.

—¿Eh?

—Pues que habría que preguntarle al maestro si hay alguna parte en el Corán donde diga que las mujeres no deben jugar fútbol. O, mejor dicho, ningún deporte —se corrigió—. De seguro que el profeta Mahoma no dijo nada sobre el fútbol hace mil y pico de años. —Se rio—. En todo caso, no creo que esté prohibido. Hasta en Irán hay mujeres que juegan fútbol. O en Afganistán. ¡Y en Turquía, sin duda!

Paula se quedó mirándolo fijamente, sin palabras.

¡Por Dios, esa podría ser la solución! ¡Qué ideas las que tiene papá! En vez de salirme con el cuento de la aceptación, como la señorita König, ¡se le ocurrió algo de verdad! ¡Algo que tiene pies y cabeza! ¿Por qué Semra no puede jugar fútbol, si hay mujeres que lo hacen en países islámicos? ¡Tengo que buscarlo en Internet ahora mismo! Solo queda una pregunta: ¿quién podría hablar con el maestro? Nosotras, seguro que no. Y Semra tampoco, pues le tiene demasiado respeto. ¿Será que papá...? No, esa no es una buena idea. Semra me ha dicho siempre que a su familia le molesta que nosotros los alemanes pretendamos explicarles cómo son las cosas, solo porque ellos son musulmanes y no cristianos. Y es posible que el maestro piense lo mismo. Lo mejor sería que alguien de su comunidad se lo preguntara. Alguien que lo conozca a él y a la familia de Semra. ¿Cem y Davut, quizás? No, imposible. Seguro que a ellos también los regañaron y no quieren saber nada de nosotras.

Ummm... ¡Pero podría ser la tía Elif! ¡Ella es musulmana, es la confidente de Semra y el señor Dalaman le da gran importancia a sus palabras! Yo he ido a visitarla varias veces con Semra, ¡y es encantadora! Es muy divertida... ¡y no le come cuento a nadie! Hace poco nos contó que cuando esta-

ban recién casados, su marido pretendía prohibirle montar
bicicleta porque se exponía demasiado a los ojos de los demás,
según le dijo. Pero ella se rio y le respondió que entonces ten-
dría que buscarse otra esposa. Que ella iba a montar bicicleta,
le gustara o no. Y, entonces, él tuvo que ceder. ¡Así es ella
siempre! Sí, voy a hablar con la tía Elif. Y mañana les contaré
la idea de papá a Jule y a Mia. Con ella tengo que volver a
hablar de todos modos, pues fui demasiado dura. Después de
todo el tiempo que lleva chorreando la baba por Tim, y ahora
que él finalmente se dio cuenta del tesoro que es ella, no es el
momento de hacer bromas amargas. ¿Será que el maestro es
el hombre joven de las cartas de Jule? Quién sabe...

Paula se dejó caer en la cama, cansada. Su papá había apro-
bado la idea de introducir a la tía Elif en el plan, de modo
que iría a buscarla mañana mismo. Sabía dónde podía en-
contrarla: todos los viernes atendía un puesto de frutas y
verduras en el mercado. Pero no le diría nada a Semra por
ahora; eso también lo había acordado con su papá; para no
crearle expectativas, en caso de que el plan fracasara.

Paula, suspiró y le mandó un beso silencioso a su amiga.
Los ojos se le cerraron poco después.

Esa noche, Paula volvió a dormir como no había dormido
en mucho tiempo. Y tuvo un sueño que no se le olvidaría
tan pronto: iba corriendo por un césped verde recién corta-
do, acompañada por los gritos de júbilo de cientos de espectadores. A sus espaldas, en la portería, una Semra radiante
la saludaba alentadoramente.

Una pequeña revuelta

—Oigan, ¿supieron lo de Semra? —Ben compró un sánd-
wich en la cafetería del colegio antes de reunirse con sus
amigos del Deportivo KingKong.

Estaban en el recreo largo y llovía a cántaros. La mayoría de
los estudiantes estaban en el vestíbulo o afuera, bajo el co-
bertizo. Jugar un partido en la canchita de atrás del colegio
no era un opción.

—No, ¿qué pasó? —preguntó Tim con indiferencia.

Recostado contra una columna, podía observar todo el
panorama, especialmente a las chicas que pasaban sonriendo junto a él. A su lado estaban Julius y Andi con actitud
desenfadada; las manos en los bolsillos y los hombros le-
vantados. Aunque eran dos años menores que Tim y Ben,
los dos buscaban su compañía constantemente, y no solo
porque jugaran juntos en el equipo de fútbol. Julius, sobre
todo, esperaba poder contagiarse de un poco de la atracción
magnética que ejercía Tim sobre las chicas. Hasta ahora,
había tenido muy poca suerte en el amor.

—Semra no puede seguir jugando fútbol. —Ben interrumpió sus pensamientos—. Los papás se enteraron y ahora solo puede salir de la casa si la acompañan Cem y Davut.
—Puso cara de preocupado—. Y para venir al colegio, claro.

Acaban de contármelo ellos mismos. Están desesperados porque no tienen nada de ganas de jugar a la niñera de su hermana.

—Pues podrías ofrecerte —bromeó Julius—. ¡Si nunca pierdes oportunidad para acercártele!

Ben achicó los ojos.

—No es un buen momento para bromas banales —le reprochó—. Semra la está pasando fatal, y es una catástrofe para el 1. CF Solo para chicas. ¡No hay nadie como Semra en la portería!

—Pues entonces puede que finalmente se den cuenta de que no se les ha perdido nada en la cancha —intervino Andi, al tiempo que miraba a Tim en busca de aprobación.

Pero este se había apartado de la columna y se plantó delante de los dos.

—¡Creo que es a ustedes a los que no se les ha perdido nada aquí! —Los ojos azules grisáceos de Tim echaban chispas—. Las chicas son geniales. Y en los últimos meses han aprendido un montón. ¡Cosa que no podría decirse de cualquiera!

Su mirada ligeramente despectiva se posó sobre Andi, quien bajó la vista al suelo, avergonzado. Sabía que en los últimos partidos no había jugado particularmente bien.

Tim tiró del brazo de Ben.

—Ven, no tengo ganas de una conversación tan estúpida… Vamos a dar una vuelta, creo que ya escampó.

Se encaminó hacia la puerta con paso sereno, pasando la mirada por el vestíbulo. A pocos metros de distancia por delante descubrió a Mia, que estaba cuchicheando con Paula y Jule y había volteado la vista, brevemente, en su dirección. Tim alzó la mano, como si nada, y le sonrió.

Mia se quedó petrificada. Esa mirada había sido para ella, eso estaba clarísimo. Las mariposas revolotearon intensamente en su estómago.

Paula le dio un empujoncito.

—Oye, ¿en qué rayos estás pensando? ¿Vas a venir esta tarde adonde la tía Elif o no?

Acababa de contarles el plan que había tramado con su papá, y Jule se había emocionado de inmediato.

—¡Esa es nuestra oportunidad! ¡Las cartas no mienten!

Mia asintió lentamente.

—Sí, sí, claro que voy.

Semra dobló por la esquina en ese momento. Había ido a la biblioteca en busca de un par de libros. Ahora, que no podía hacer nada, tenía tiempo suficiente para leer; es más, tenía tiempo de sobra.

—¿A dónde piensan…? —empezó, pero se interrumpió enseguida. Le daba igual a dónde pensaran ir sus amigas. De todos modos, no podía ir con ellas. Y en realidad prefería no saberlo.

—¡Ven, Semra, vamos a respirar un poco de aire fresco! —Paula le lanzó una mirada alentadora.

Le dolía ver lo triste que andaba Semra últimamente. En vez de los pañuelos azules o rojos brillantes que llevaba antes en la cabeza, ahora usaba siempre unos de colores apagados. Era como si tratara de hacerse invisible.

—Ya se va a acabar el descanso y quiero contarte la última con la que me salió mi mamá. —Paula tomó a su amiga del brazo—. Imagínate que…

Ay, Paula. Siempre tan dulce conmigo. Pero eso no cambiará nada. Ana sigue castigándome con su silencio y me habla solo cuando es indispensable. Y baba hace como si yo no existiera. Antes, le gustaba que hiciera mis comentarios mientras veía los partidos del Galatasaray, su equipo favorito. Toda la familia estaba presente, y todos tenían algo que decir. Menos ana, claro, ya que el fútbol no le ha interesado nunca. Pero nosotros estábamos siempre de acuerdo: cuando el Galatasaray perdía, era por culpa del árbitro… Era muy especial. ¡Pero a baba no se le habría ocurrido jamás que a su propia hija le gustara patear el balón! Y es que siempre le produjo cierta tristeza que Cem y Davut prefirieran el voleibol. Creo que le habría encantado animar a sus hijos en la cancha de fútbol, pero ellos se vuelven un ocho con el balón. Y que baba fuera a verme jugar es algo impensable, algo que no entra en su visión del mundo. Bien puedo ir echando mis guantes a la basura, no volveré a necesitarlos. ¡Si por lo menos pudiera hablar con la tía Elif! Pero ya no puedo salir de la casa. Claro que ella vendrá a visitarnos el domingo, o al menos eso le dijo ana a baba esta mañana. Tal vez pueda hablar a solas con ella un momento. A lo mejor se le ocurre alguna solución. Pero, lo más probable es que también esté atada de manos…

Paula saltaba de una pierna a la otra. Si querían ir a ver a la tía Elif, debían darse prisa. Hoy empezaba la semana donde su mamá, y a ella no le gustaría nada que llegara tarde justo el primer día. Esa tarde repasarían el vocabulario de inglés; eso le había anunciado el día anterior por teléfono. Además, llevaban dos semanas sin verse porque su mamá había estado en un congreso en Asia. Paula suspiró. Hacía mucho tiempo que no pasaban un rato juntas, comiendo y charlando nada más; parecía que a su madre, últimamente, solo le interesaban las notas. Y si Paula no hacía caso, se ponía furiosa. ¡He allí un motivo suficiente para estar apresurada!

Semra se había ido a casa directamente, como era la nueva costumbre. Pero ni Jule ni Mia habían aparecido aún. En ese momento, las vio salir del colegio.

—¿Todo bien? —preguntó Paula y esperó mientras las chicas quitaban los candados de sus bicicletas.

—¡Todo bien! —exclamaron en coro.

Paula se montó en la bicicleta y pedaleó a toda velocidad rumbo al mercado. Las otras dos la siguieron.

Encontraron el puesto de la tía Elif enseguida. Torres de pimientos amarillos y verdes se alzaban en el mostrador; las fresas se veían muy provocativas, y las cerezas de color rojo profundo parecían esperar a ser comidas con deleite.

—Hola, Paula —la saludó la tía Elif—. ¿Estas son tus amigas? ¡Por lo que cuentan, ahora son famosas en el barrio como futbolistas!

Paula se estremeció. ¿Acaso era una insinuación de que las chicas no debían jugar fútbol?

Pero la tía Elif la miró amablemente.

—Supongo que están aquí por Semra. —Tomó un puñado de cerezas y las limpió con el delantal. Le pasó un par a cada una y se llevó una a la boca—. Es terrible. Después de todo lo que me ha contado, se nota que tiene talento de verdad. Y ella quiere jugar. ¡Pero solo Alá sabe cómo puedo hacer para que sus padres lo acepten! —Suspiró.

Paula titubeó un instante, después soltó:

—¡Nosotras tenemos una idea!

La tía Elif la miró sorprendida.

—¿En serio? ¡Me encantaría oírla!

Con voz entrecortada al principio, pero más fluida después, Paula le contó lo que habían pensado con su papá. Mia y Jule no abrieron la boca, pero asentían de forma constante y enérgica. La tía Elif escuchaba con atención y el ceño fruncido; pero, a medida que Paula avanzaba, sus facciones se fueron relajando. Al final, incluso soltó una risita y se apartó ligeramente el pañuelo de la frente, de por sí atado con cierto descuido, de manera que alcanzaban a asomar algunos rizos veteados de canas.

—¡Es una idea genial! —Se volteó hacia su esposo—. Mehmet, ¿te importa si me voy un momento?

El hombre refunfuñó algo entre dientes y siguió ordenando cajas. Paula no sabía nada de turco, pero habría podido jurar que había dicho algo como "¡Siempre haces lo que quieres, de todos modos!".

—¿Piensa ir adonde el maestro? —le preguntó Paula, con curiosidad.

La tía Elif sacó un espejito del bolso y se acomodó el pañuelo, de modo que solo pudiera vérsele la cara. Los pelos rebeldes que hasta hacía un segundo habían tenido vida propia, volvieron a desaparecer.

—No directamente. Iré a la mezquita, pues ahí seguro me encuentro con la esposa antes de la oración. ¡Y entonces veré qué se puede hacer! —Mostró una sonrisa pícara al ver el signo de interrogación dibujado en las caras de las chicas—. A veces hay que dar un rodeo para llegar a la meta. ¡Confíen en mí!

Con pasos veloces se dirigió a la bicicleta, recostada contra un árbol junto al puesto de verduras. Las tres amigas se miraron mutuamente.

—¿Puedo pedirle otro favor? —preguntó Paula.

La tía Elif ya había empezado a empujar la bicicleta por la calle, pero se detuvo enseguida.

—¡Claro!

Paula se aclaró la garganta.

—¿Por casualidad tiene un celular?

La tía Elif se rio y rebuscó entre su amplio bolso.

—Por supuesto. ¿Por qué?

Paula volvió a aclararse la garganta.

—¿Podría llamarme o enviarme un mensaje cuando haya alguna novedad? —Bajó la mirada tímidamente; después, la miró a los ojos—. Es que no puedo soportarlo más. ¡Y me muero de ganas de que Semra vuelva a estar con nosotras!

La tía Elif sonrió; le conmovía ver cómo la amiga se preocupaba por su sobrina, y grabó el número rápidamente.

—¡Te avisaré apenas sepa algo!

Aliviadas, las amigas se despidieron y volvieron a subir a sus bicicletas.

—¡Tengo que irme volando! —gritó Paula—. ¡Seguro que mi mamá está en la casa hace rato y con los ojos clavados en el reloj!

Dobló por la esquina siguiente, volvió a despedirse agitando la mano y recorrió los últimos kilómetros hasta la casa de su madre a toda velocidad. Aseguró rápidamente la bicicleta a un poste y abrió la puerta casi sin aliento. No podía dejar de pensar en la tía Elif. Esperaba con ansias que todo saliera bien, y habría querido poder contarle todo a su mamá enseguida. Pero, al instante siguiente, supo que esa no era una opción.

La madre estaba esperándola con expresión amargada, sentada en la mesa de la cocina, golpeando con la uña en su reloj de pulso.

—¡Llegas media hora tarde! Yo tuve que dejar el trabajo a medio terminar para poder llegar a tiempo, tal como habíamos acordado. ¡Pero eso no parece importarle a su señoría! —afirmó en tono cortante.

Cruzó los brazos en el pecho y la miró con ojos centelleantes. Paula sintió como si le hubieran quitado el suelo bajo los pies. Y, al mismo tiempo, una ola de furia empezó a crecer en su interior.

Pero su mamá no había terminado.

—Supongo que tendrás una buena excusa. —Sonrió burlonamente—. ¡Y podría jurar que tiene que ver con el fútbol! Pero claro, ¡para una carrera de futbolista basta con sacar aceptable!

Paula estalló en ese momento.

—¿Acaso lo único que existe en tu mundo son las notas y el rendimiento escolar? —Estaba furiosa—. ¿No te interesa saber cómo se sienten o lo qué les pasa a las personas? ¿O eso no tiene cabida en tu vida? ¡Yo creía que la gente estudiaba medicina porque le interesaba el bienestar de los demás! —Arrojó el morral en una esquina y se plantó delante de su madre—. Pero no se te nota para nada. En realidad, preferiría irme a vivir con papá. ¡Al menos él me pregunta cómo estoy!

El silencio inundó la cocina durante un momento. La mamá de Paula respiró profundo.

—Qué bonito que es cuando uno lo tiene todo tan fácil. A lo mejor deberíamos…

Paula se dio la vuelta en el acto. Cerró de un portazo su cuarto y se echó en la cama. Respiró despacio, para calmarse… tal como le había enseñado su madre, precisamente.

En ese momento, sintió el zumbido del teléfono. ¡Un mensaje!

"Hablé con la esposa del maestro e intercederá por Semra ante su marido. Yo volveré a hablar con mi hermano. ¡No todo está perdido aún! Saludo, Elif".

Paula dio un suspiro de alivio. ¡Tal vez sí había esperanzas!

Donde menos
se piensa...

Sobre la mesa del comedor se ofrecían todos los manjares que había preparado la mamá de Semra: verduras asadas, albóndigas, rollos de hojaldre, hojas de parra rellenas y fritura de calabacín. La familia Dalaman era muy hospitalaria siempre, pero la de hoy era una visita muy especial: ¡venía el maestro! Y en su honor, la madre de Semra se había pasado el domingo entero en la cocina.

—Semra, ¿te encargas del té? —gritó en ese momento, mientras volvía a revolver la sopa con aroma a especias.

Semra acomodó los platos por última vez y corrió a la cocina.

Su mamá se dio la vuelta hacia ella.

—El maestro dijo que quería visitar a todas las familias de la congregación. Pero, por alguna razón, me temo que la visita de hoy tiene algo que ver contigo. —Le lanzó una mirada penetrante—. ¿Pasó algo en la clase en la mezquita? ¿Hiciste algo por lo que el maestro quiera hablar con nosotros? ¡Espero que no, por Alá!

Semra se limitó a sacudir la cabeza en silencio. ¿Por qué no podía confiar en ella? Seguía asistiendo todos los sábados a la mezquita, estudiaba los suras con aplicación y era amable con todos, sobre todo con el maestro. El hombrecillo rechoncho de patillas pobladas y grandes gafas redondas le caía bien. En las dos últimas semanas había tenido la sensación de que la miraba con especial atención, y aunque no tenía ni la menor idea de por qué, tampoco se atrevía a preguntárselo.

El timbre sonó en ese momento. El padre de Semra, que se había cambiado de camisa en honor a la visita, corrió a abrir la puerta con un par de pantuflas mullidas en la mano. Inclusive, el maestro espiritual debía quitarse los zapatos al entrar en un hogar residencial, pero la familia Dalaman no quería que tuviera que andar en calcetines.

—Bienvenido —lo recibió, y se inclinó haciendo una reverencia. Luego, dejó los relucientes zapatos negros del maestro en el vestíbulo e hizo una seña hacia la sala—. Entre, siéntese y reconfórtese, por favor. ¡Seguro que ha tenido un día largo!

El maestro llevaba un traje oscuro y sencillo, pero pulcro. Alegremente, tomó asiento en el cómodo sofá de la familia y conversó con el padre de Semra, mientras la madre traía la sopa y ella les servía el té a todos.

Luego se recostó.

—He venido a visitarlos para decirles que su hija es un gran honor para nosotros.

El silencio inundó la habitación de inmediato. Todos lo miraron desconcertados. Sobre todo Semra lo miraba perpleja.

—Según me han asegurado ya desde distintas partes, Semra tiene unas manos mágicas y atrapa casi todos los balones en la portería. —El maestro sonrió ampliamente—. Y el colegio quiere formar un equipo femenino, según me contó el profesor de deportes, quien vino a verme hace poco a la mezquita. Mi esposa y su hermana Elif lo trajeron.

Los ojos de Semra se abrieron de par en par. ¿La tía Elif y Mike Munk? ¿En la mezquita? ¡No podía creerlo!

El maestro continuó, imperturbable:

—Pero, según me dijo también el profesor de deportes, ¡el equipo no tiene ningún sentido sin su hija en la portería!

Semra, que había contenido la respiración todo el tiempo, exhaló lentamente. ¿Eso había dicho Mike Munk? Pero, si no había sido así, ¿cómo más podía haberse enterado de todo eso el maestro?

—¡Pueden estar orgullosos de tener una hija tan talentosa! —El maestro se llevó a la boca otra hoja de parra rellena; era la sexta ya—. Delicioso, realmente —celebró, mientras miraba a la madre de Semra con amabilidad a través de sus lentes relucientes.

Ella lo miró, desconcertada. El señor Dalaman tampoco sabía qué decir. No se lo esperaba en absoluto.

—Pero… —balbució—, si es una niña. ¡Y no podemos permitir que se exponga indecentemente frente a todo el mundo en la portería!

La sonrisa del maestro se hizo más amplia.

—El profesor de deportes me aseguró que siempre lleva ropa larga y el pañuelo en la cabeza. ¿Qué tiene eso de indecente? —Miró con ojos anhelantes la última hoja de parra, pero se abstuvo—. El profeta Mahoma, Alá lo bendiga y lo guarde, señaló repetidamente en sus escritos que las mujeres también deberían practicar deportes. Se dice que él mismo hacía carreras con su esposa Aisha. ¡Y que ella incluso le ganaba a veces! —Suspiró—. ¿Por qué no ha de jugar Semra fútbol? Además… —bebió un sorbo del té negro y dulce y se acarició la barriga redonda—, es un poco como Mesut Özil en la selección alemana. Semra tiene talento. Y si tiene éxito, representará a los muchos musulmanes que también viven y triunfan en este país. —Entonces, soltó una risa sonora y puso la taza vacía sobre la mesa.

* * *

—¿Vienes? —le gritó Paula a Jule por encima del hombro—. ¡Tenemos que estar a las ocho y media en la cancha! ¡Órdenes de MM!

Las dos amigas lucharon para abrirse camino entre la multitud amontonada a la entrada del campo de deportes. ¡Un verdadero hervidero! El estacionamiento del colegio estaba lleno de carros y autobuses, de cuyos interiores salían toda clase de gritos. La señorita König les había contado que este año se habían inscrito más equipos que nunca para el torneo intercolegial de verano. Y con los equipos llegaban, por supuesto, montones de espectadores. ¡El campo deportivo del colegio Lessing a duras penas podía con el gentío!

—¡Qué locura! —Jule respiró, aliviada, cuando alcanzó finalmente el césped de detrás de la portería. Las demás integrantes del 1. CF Solo para chicas ya estaban allí. Jule alzó la mano para saludarlas y sonrió—. ¡El que sufra de claustrofobia, está perdido!

—¡Y de pánico escénico! —Mia apareció repentinamente, como de la nada, frente a las amigas. Tenía la cara pálida y unas ojeras enormes.

—¿Estás enferma? —Jule le puso una mano en el hombro, preocupada.

Mia apenas negó con la cabeza.

—Pánico escénico, ¿no te digo? —Hizo una seña hacia el estacionamiento—. ¿Qué hace aquí todo ese montón de gente? ¿No tienen nada mejor que hacer que venir a vernos?

—¡Pero si es maravilloso! —En la voz de Paula había un deje claramente burlón—. Al fin y al cabo, tu plan es ser modelo. ¡Así estarás aún más en primera plana!

—Gracias por la comprensión —replicó Mia—. Nuestra experta no tiene nervios, por supuesto.

Jule puso los ojos en blanco.

—Ay, no. Hoy no tengo fuerzas para soportar sus discusiones. ¡Hasta prefiero la criticadera de MM!

—¡Andando entonces! —gritó una voz desde la portería.

Mike Munk había llegado a la cancha sin que se dieran cuenta y estaba recostado contra uno de los postes, con una red llena de balones en la mano. Jule se estremeció, pero se quedó esperando el temido comentario mordaz. Sin embargo, el entrenador miró a las chicas con expresión alentadora.

—Bueno, señoritas, ha llegado el gran día. —Dejó caer la red con los balones y sacó del bolsillo de la sudadera una hoja con el plan del torneo—. Hemos repartido los equipos en cuatro grupos. En cada grupo, juegan todos contra todos. Los equipos ganadores de cada grupo pasan a la siguiente ronda. De ahí en adelante, el que pierde, sale. —Luego, agregó con un guiño—: Ya saben cómo, ¡igual que en el mundial!

Jule le lanzó a Paula una mirada sugestiva. Seguro que ahora sí vendría la pulla típica del "Mega Macho".

—Y espero… —continuó con tono firme— ¡que terminen como el mejor equipo femenino del torneo! —Luego, miró los rostros tensos de las chicas y sonrió—. ¡Vamos, señoritas, un poco de confianza en ustedes mismas! Han entrenado duro y han aprendido mucho. Y eso, a pesar del hueco que se abrió con el retiro de Semra. Marta ha hecho un trabajo excelente durante las últimas semanas. ¡Me quito el sombrero! —exclamó, al tiempo que la miraba con gesto aprobatorio.

Pero ella se limitó a cambiar el peso de un pie al otro, nerviosamente, sin alzar la vista ni una sola vez. No estaba acostumbrada a semejantes elogios. Y sus compañeras también estaban sorprendidas. La amabilidad solía ser una cualidad desconocida en su arisco entrenador. ¿Qué mosca le había picado?

—Cada partido dura diez minutos, y se irán rotando para que jueguen todas. Recuerden la maniobra de engaño que estuvimos practicando, no olviden que pueden usar el taco de vez en cuando, y, sobre todo: desmárquense y ofrézcanse constantemente a sus compañeras. Así tendrán buenas oportunidades. —Mike Munk hizo una breve pausa; después, hizo un gesto desdeñoso con la mano—. ¿Pero para qué les doy esta perorata? ¡Si ustedes saben lo que hacen! Vamos, denle una vuelta a la cancha. Eso sirve para combatir los nervios e ir calentando. Ahora debo ocuparme del Deportivo KingKong, ¡ellos también tienen derecho de ver a su entrenador!

—¡Por fin las encuentro! —exclamó, de repente, una voz femenina—. ¡Estuve buscándolas por todas partes!

Las chicas se dieron la vuelta enseguida, completamente anonadadas. Delante de ellas estaba Semra, con el rostro un poco más delgado y pálido bajo la capucha, pero con una sonrisa radiante.

—¿Qué haces aquí? —fue lo primero que logró decir Paula—. ¿Te dieron permiso de venir a ver?

—Pues… —Semra agitó las manos, emocionada—: ¡Puedo volver a jugar!

Primero se hizo un silencio absoluto. Después hubo un estallido de emoción: "¡Genial!", "¡Maravilloso!", "¿Cómo así?". Las chicas asediaron a Semra desde todos los ángulos. Solo Paula se quedó quieta. Semra le lanzó una mirada radiante por encima de las demás y Paula le respondió con una sonrisa sutil.

¡Entonces funcionó! El plan de papá dio resultado. La palabra del maestro es más importante que la tradición familiar. Pero se nota que la tía Elif también se metió de cabeza. ¡Ella no se rinde tan fácil! Claro que el asunto se nos iba prolongando y, durante todo ese tiempo, no podíamos decirle ni una sola palabra a Semra, para no despertar falsas expectativas… Eso sí que fue difícil. La esposa del maestro apoyó a Semra desde el principio. Pero, entonces, empezó la larga espe-

ra, pues primero tenía que encontrar el momento adecuado para hablar con su marido. Luego de eso, él estuvo leyendo el Corán durante muchísimo tiempo. Hasta la tía Elif se iba poniendo impaciente. Y nosotras, ¡ni se diga! Hasta anteayer, cuando recibí finalmente el mensaje en el que me contaba que el maestro iba a visitar a los papás de Semra. ¡Pero no sabíamos qué iba a decirles! No podíamos hacer nada más que cruzar los dedos. ¡Y funcionó! ¡Semra ha vuelto! ¡Eres lo máximo, papá!

Mike Munk aplaudió enérgicamente.

—Bueno, bueno, señoritas, ¡esto parece una casa de locos! Dejen que Semra cuente con calma. ¿De verdad te dieron permiso de jugar? —Había una calidez desconocida en su voz.

Semra le sonrió agradecida. El que Mike Munk hubiera ido a la mezquita por ella era algo que no olvidaría jamás, así como la intervención de la tía Elif y sus amigas. Pero, en ese momento, se limitó a asentir con la cabeza.

—El maestro habló con mis papás y les aclaró que en el Corán no está prohibido jugar fútbol, siempre y cuando las mujeres nos cubramos formalmente. Y cuando les mostré esto… —Semra se quitó el suéter de capucha— quedaron convencidos, finalmente.

Llevaba por debajo una camiseta roja con un angosto gorro que ocultaba por completo su pelo oscuro. Semra se rio al ver las caras desconcertadas a su alrededor.

—Es un *hijood*, una camiseta con capucha que cubre el cuello, el pelo y la nuca, tal como prescribe la tradición. Y

128

no puede resbalarse. —Miró a Mike Munk con un guiño—. Además, mandé a que le estamparan 1. CF Solo para chicas. ¡Así podemos estar todos felices! —Semra respiró profundo—. Y yo puedo hacer lo que más me gusta: ¡jugar fútbol!

—¿Y vas a jugar hoy mismo? —preguntó Elisa, intrigada.

Semra paseó la mirada entre las chicas… y se detuvo en Marta.

—Me han contado que tengo una colega excelente. Y que seguro está en mejores condiciones que yo, que llevo semanas sin entrenar. Por tanto…

Marta alzó la vista y miró fijamente a Semra.

—… por tanto, ¡debes volver a ponerte en forma cuanto antes! Y el mejor lugar para hacerlo es la portería. —Se rio y le lanzó los guantes—. ¡Qué bueno tenerte de vuelta!

—Muy bien, quedamos así entonces —exclamó Mike Munk, mirando el reloj—. ¡Y a darse prisa, señoritas! ¡El torneo empieza en diez minutos!

—Gracias —susurró Semra, tras tomar a Paula del brazo. Entonces, empezaron a trotar juntas.

—¡Mira! —Semra señaló con el mentón hacia la tribuna—. Allí está la tía Elif. ¿Y ves quién está a su lado?

Paula achicó los ojos para buscar. Semra sonrió.

—Ahí está *baba*. ¡La tía Elif lo convenció de venir a hacerme barra!

Paula hizo el signo de la victoria con los dedos. En ese momento, lo que menos le importaba era si ganaban o no. ¡Lo importante era que Semra estaba feliz otra vez!

A la meta a toda mecha

El campo deportivo se fue llenando lentamente de jugadores. Los KingKong, con sus camisetas verdes oscuras ("¡El color de la jungla!", había bromeado Jule), y los demás equipos, de rojo, azul, amarillo o morado, hacían ejercicios de calentamiento.

—¡Vaya! ¡Así que la revancha llega antes de lo esperado! —Una chica de camiseta azul había aparecido de pronto junto a Paula y se reía. ¡La número 5 de las Maries!—. ¿Ya viste que nos enfrentaremos justo en el primer partido? Por cierto, me llamo Sina.

Las dos chicas se dieron la mano.

En ese momento, un pitido resonó con fuerza por toda la cancha. Todos los equipos se ubicaron en la línea de banda. Tim se acomodó con los KingKong junto al 1. CF Solo para chicas.

Se volteó hacia Mia, como si nada, y susurró:

—¡No se dejen eliminar!

Mia no pudo pronunciar ni media palabra.

—Por nada del mundo —dijo Semra, radiante.

Entonces Ben abrió los ojos de par en par. Apenas acababa de darse cuenta de que estaba allí.

—¿Tú? ¿Aquí? ¿Acaso puedes…?

—¡Sí, puedo volver a jugar! —lo interrumpió Semra. No podía contenerse de lo feliz que estaba, pero volvió a pensar en su padre y echó un vistazo inseguro hacia la tribuna.

Ben entendió enseguida y dio un paso hacia atrás.

—Qué bueno —le susurró, rápidamente.

La tribuna se había llenado, y los espectadores, que sostenían pancartas con los nombres de los equipos, gritaban y aplaudían, emocionados. Nina König y Mike Munk presentaron a los equipos y después dieron un par de indicaciones.

—No lo olviden: ¡Como un equipo y vencemos con el corazón! —Las integrantes del 1. CF Solo para chicas formaron un círculo, con los brazos en los hombros— … ¡porque somos las reinas del balón!

Al cabo de unos segundos, sonó el pitido inicial. Sacaban las Maries. Sina avanzó con la pelota. Carlotta salió corriendo tras ella y estuvo a punto de arrebatarle el esférico, pero la veloz delantera hizo un amague a la derecha y un pase a la izquierda hacia el otro lado de la cancha. Sin embargo, su compañera no fue lo suficientemente veloz y la pelota salió por el lateral. ¡Saque de banda para el 1. CF Solo para chicas!

Jule alzó el balón sobre la cabeza y miró a su alrededor. Mia, que estaba libre, lo recibió ágilmente, se dio la vuelta y salió disparada rumbo a la portería contraria. Hizo un pase corto para Paula, pero esta estaba marcada con tal insistencia por una defensa de las Maries, que tuvo que devolvérselo enseguida. Entonces, Mia vio el hueco frente al arco y no lo pensó dos veces antes de clavar el esférico en la red. ¡1-0!

Los espectadores daban gritos de júbilo.

Ben le dio un codazo a Tim.

—Nada mal, ¿no?

Tim asintió y apretó los puños de la emoción. Estaba tan concentrado siguiendo el partido que no podía ni hablar. Solo Julius y Andi permanecían inmóviles.

—Ustedes son realmente del siglo pasado. —Ben sacudió la cabeza, irritado—. ¡Peores que los papás de Semra!

En la cancha, las Maries habían vuelto al ataque. Nele se le atravesaba de forma resuelta a la número 5, pero no había forma de pararla. La vigorosa jugadora regateó entre las defensas del 1. CF Solo para chicas, llegó al área casi totalmente libre y disparó al arco. Semra reaccionó de inmediato, pero el balón iba con tal fuerza, que apenas pudo detenerlo con los puños. La pelota regresó entonces al campo… ¡y la número 5 volvió a disparar! Pero no contaba con la agilidad de Semra, que brincó cual gacela y lo sacó por el costado derecho. ¡Tiro de esquina!

—¡Ustedes se la ponen a uno realmente difícil! —La sonrisa de Sina había desaparecido y ahora se dirigía a la esquina, furiosa y con pasos pesados.

"¡Es que somos las reinas del balón!", murmuró Paula entre dientes.

Pero su amiga tendría que protegerse una vez más, pues la número 5 había pateado en dirección al área chica. Y Semra, que estaba allí con los cinco sentidos, saltó para agarrar el balón y patearlo nuevamente hacia el centro del campo. Por más que lo intentaran las Maries, el marcador se mantenía 1 a 0 a favor del 1. CF Solo para chicas.

—¡Qué buen comienzo! —exclamó Mia, que sonreía y aplaudía triunfalmente a sus compañeras. El pánico escénico se había evaporado. Se refrescó las mejillas acaloradas con un pañuelo húmedo para que no se le estropeara el maquillaje y miró fugazmente a Tim. Él alzó los pulgares en un gesto de reconocimiento; sus ojos azules grisáceos la miraron radiantes. ¡Mia estaba en el séptimo cielo!

Mike Munk también estaba contento.

—¡Si siguen así, saldrán victoriosas! —Se volvió hacia Nina König, que estaba dándoles una palmadita a cada una en el hombro—. Ahora debo ir adonde los chicos. Nina, ¿podrías encargarte de nuestras reinas del balón?

Paula arqueó las cejas: "nuestras reinas del balón", pensó. "¡Quién lo oyera!".

* * *

En los dos siguientes partidos contra equipos externos, Paula y sus compañeras también salieron victoriosas.

—¡Semra, estás que ardes! —dijo Marta—. Apenas dejaste pasar una sola, ¡y somos las ganadoras del grupo!

Semra sonrió orgullosa. Había visto con el rabillo del ojo que su papá ya no estaba en la última fila. Tras su exitosa atajada del penalti en el segundo partido, no había aguantado más y se había unido a los espectadores apoyados contra la barra de la tribuna, para seguir más de cerca los acontecimientos. Incluso, había asentido una que otra vez en gesto aprobatorio. En ese momento conversaba animadamente con el papá de Paula, quien no pensaba perderse el torneo por nada del mundo. La tía Elif, que sonreía pícaramente a su lado, saludó a las chicas con la mano. La única que no había podido tomarse el día libre era la mamá de Paula, o no había querido… Paula prefería no saberlo, y se sacudió la idea de la cabeza. Por supuesto que había cosas más importantes que el fútbol, ¡pero no en ese momento!

—Oigan, si ganamos el próximo partido, ¡pasamos a cuartos de final! —Elisa bebió un buen sorbo de su botella de agua.

Paula le dio un empujoncito a Semra.

—¡Con esta guardameta estrella, seguro que lo logramos!

Entonces, miró a Marta con arrepentimiento, pero esta se rio y exclamó:

—Qué va. ¡Si el éxito de una portera depende de la defensa! —Miró a Semra con una sonrisa cómplice—. Tú lo sabes: si ganamos, es gracias a todas. Pero si perdemos, ¡es culpa de la portera!

Las chicas soltaron la carcajada.

—¿Me perdí de algo? —Mike Munk llegó en ese momento, a toda prisa. Estaba muy contento: los KingKong también habían pasado a la ronda siguiente.

El 1. CF Solo para chicas logró ganar los dos partidos siguientes. Mike Munk se encargó de que todas jugaran al menos unos minutos, y ellas dieron lo mejor de sí. Tras un pase certero de Nadia, Paula metió un gol sensacional. Carlotta, Nele, Marta, Jule y Maya se turnaban en la defensa; Emina, Nadia, Luisa, Elisa y Mia en el ataque. Paula era la única a la que MM no quería sacar. Rebosante de energía, recorría la cancha a toda mecha y marcaba un tanto tras otro. Semra también permaneció en la portería, pues Marta se negó cuando el entrenador propuso cambiarlas.

"Dejémoslo así", había dicho. "Yo me aburro en el arco. Y Semra lo tiene todo bajo control".

¡Y qué control! La ágil arquera brincaba a la izquierda y luego a la derecha como si no hubiera hecho otra cosa en toda su vida.

¡Ay, es maravilloso volver a estar en el campo! Ya lo sabía, pero ahora pude comprobar cuánto lo echaba de menos. ¡Y baba *también se está soltando! Ana, en cambio, no estaba tan emocionada… Por eso no vino. Había tanto que hacer en la panadería, según ella. Y a lo mejor es cierto, pero yo creo que en realidad es demasiado pronto para ella. Todavía necesita tiempo para perdonarme. Pero* baba *sí vino, y con toda. Ese era mi deseo más profundo… ¡y se hizo realidad! ¡Y allí están también Cem y Davut! Seguro que se quitaron un gran peso de encima cuando supieron que podía volver a jugar. Así, pueden dejar de decir delante de* baba *y* ana *que las chicas no sabemos patear la pelota. Yo sé que no lo dicen en serio. ¡Tengo mucha curiosidad de ver cómo reaccionará* baba *para entonces!*

Sin embargo, la racha victoriosa de las chicas llegó a su fin en la semifinal. Primero, fue el error determinante de Jule, y pocos minutos después, Semra no fue lo suficientemente rápida. El Atlético Imbatible las eliminó con un contundente 2 a 0.

Las chicas se arrastraron hacia su entrenador con el ánimo en el piso, pero él se lo tomó con humor.

—¡No se preocupen! Ahora tendrán que disputarse el tercer lugar —anunció frotándose las manos—. Y el Atlético Imbatible jugará la final con el Deportivo KingKong. ¡Entonces veremos qué tan imbatibles son en realidad!

—¿Y contra quienes jugamos? —Mia le arrebató la hoja de resultados a la señorita König, impaciente. Las chicas se agolparon a su alrededor. Mia pasó el dedo sobre las líneas nerviosamente y contó los goles y puntos en voz alta—. ¡Ay, no! —Dejó caer el papel—. ¡Jugamos contra las Maries!

"¿Cómo es posible?", "¡Si ya les ganamos!", gritaron.

Entonces Nina König alzó las manos, pidiendo silencio.

—Las Maries se abrieron camino con valentía, y ahora tendrán que volver a enfrentarse. —Les hizo un guiño—. ¡Sean justas y demuestren lo mejor!

—¡Bah! —Elisa se dio la vuelta, malhumorada—. Lo que ya hicimos una vez, volveremos a hacerlo. ¡Pan comido!

Pero Paula no estaba tan segura.

—Hasta ahora nos ha funcionado muy bien —frunció el ceño—, pero las Maries nos han demostrado, una y otra vez, que son unas rivales que debemos tomar en serio. Y ahora están furiosas. —Se secó el sudor del pelo con la toalla—. ¡No debemos menospreciarlas de ninguna manera!

Pocos minutos después, los dos equipos volvieron a encontrarse en la cancha. En la tribuna se veían principalmente dos colores: las banderas rojas oscuras de apoyo al 1. CF Solo para chicas y las azules de las Maries. Sina, la número

5, ya no sonreía tan amablemente como esa mañana. Con fuerza renovada, irrumpió en la cancha y avanzó regateando hasta la portería. Y al cabo de unos segundos, Semra no pudo más que mirar hacia atrás. ¡1 a 0, ganando las Maries! Elisa estaba atónita. ¡Eso no se lo esperaba! Paula y Mia intercambiaron una mirada significativa.

—¡Ahora, a impedir el avance de las adversarias a toda costa! —le susurró a su amiga.

Mia entendió enseguida. Entonces le pasó el esférico a Elisa, que se lo pasó a Paula. Esta regateó rumbo a la portería, pero no tardaron en marcarla dos defensas. ¡Imposible seguir adelante! Pero Paula no lo pensó demasiado: le dio un golpecito a la pelota con el taco y esta regresó a los pies de Mia, que aprovechó el hueco en la defensa y clavó el balón en la red. ¡1-1!

El combate era a muerte ahora, y las chicas no pensaban hacer ninguna concesión. Tan solo dos minutos después, Paula metió el segundo. Pero no habían terminado de celebrar cuando la número 5 consiguió el empate. 2 a 2… ¡Y apenas quedaban unos minutos para finalizar!

Tras un hermoso pase de Carlotta, Mia estaba nuevamente en posesión de la pelota y se abría camino hacia el área con tenacidad, pero una defensa azul se atravesó en su camino… y entonces oyó un crujido sordo y el mundo se oscureció a su alrededor.

—¿Hola? ¿Estás bien? —Como entre algodones, Mia sintió los silbidos de los espectadores, los gritos en la cancha y un intenso dolor en el tobillo. Al abrir los ojos con esfuerzo, se encontró de frente con la cara de Tim—. Creo que mejor voy a sacarte del campo. —Tim la alzó con facilidad—. ¡Al menos así no te interpondrás en la vía del merecido cobro del penalti por parte de tu equipo!

A pesar del dolor, Mia no pudo contener una sonrisa. Tim no podía ahorrarse el comentario ni siquiera en un momento como ese. Pero qué más daba. Las reinas del balón tenían la posibilidad de ganar. Y ella estaba en brazos de Tim… ¡Justo lo que había deseado desde hacía meses!

El árbitro señaló hacia el punto de penalti. Paula acomodó la pelota, tomó impulso y clavó el esférico sin mayor esfuerzo. ¡3-2! El partido terminó poco después. ¡Las reinas del balón habían conseguido el tercer puesto!

Las chicas se abrazaron emocionadas.

—Luchar unidas, ese es nuestro objetivo. ¡Jugamos al fútbol tan bien como el deportivo! Como un equipo y vencemos con el corazón, ¡porque somos las reinas del balón! —celebraron—. ¡1. CF Solo para chicas!

Sentada al lado de la cancha, Mia aplaudía emocionada. El camillero le había examinado el tobillo y, afortunadamente, ya podía moverlo de nuevo. Tim se había puesto en marcha, pues había llegado el momento de la final. Pero antes le había tomado la mano mientras le miraba el tobillo con preocupación. "¿Te sientes mejor?", había preguntado.

Mia únicamente había sonreído. "¡Mejor imposible!".

Como, no podía ponerse de pie todavía, las demás se sentaron a su alrededor y juntas siguieron la final desde el borde del campo. Los ojos les brillaban a todas, pero la más radiante era Semra. Su padre le había dado una palmadita aprobatoria en el hombro después del último partido. "Eso estuvo bien", había dicho. Ahora, Semra estiraba las piernas, dichosa. Hacía muchísimo que no se sentía tan bien.

—Dime una cosa. —Sentada a su lado, Paula llevaba un buen rato con expresión pensativa. Entonces miró a su amiga con curiosidad—. ¿Cuántos años tiene el maestro?

Semra se encogió de hombros.

—No sé. Unos sesenta, tal vez. ¿Por qué la pregunta?

Paula respiró profundo. Después miró a Jule, que miraba hacia el campo, pero había oído la respuesta de Semra.

—Pues sí —dijo Jule, escuetamente, y se encogió de hombros—. Nunca he dicho que las cartas lo sepan todo. Lo importante es el resultado, ¿o no?

Paula no pudo replicarle nada. Y, con una sonrisa cómplice, volvió a concentrarse en el partido. Al final, el Deportivo KingKong ganó 3 a 1.

—¡Dizque imbatibles! —murmuró Mike Munk, con el pecho henchido de orgullo—. Mis chicos... —entonces les lanzó una mirada a las reinas del balón y carraspeó—... ¡mis chicos y mis chicas no tienen igual! ¡Eso mismo les dije esta mañana a los cazatalentos!

—¿Cazatalentos? —Las antenas de Paula se alzaron enseguida—. ¿Cuáles cazatalentos?

MM se encogió de hombros.

—Pues unos pequeños espías albiverdes que andan en busca de nuevos potenciales. —Miró a las chicas, pleno de orgullo—. ¡Pero yo no pienso soltarlas tan fácilmente!

En *Tiro libre para Paula* conociste el origen del 1. CF Solo para chicas

… y ahora acabas de leer todo lo que tuvo que hacer Semra para poder jugar con sus amigas…

La siguiente historia te contará cómo Jule enfrenta el divorcio de sus padres y todo lo que hace el grupo para superar la inesperada ida de Paula

Y aún hay más:

En este gran equipo de chicas cada una tiene su historia…